光文社文庫

長編推理小説

三毛猫ホームズの回り舞台

赤川次郎

KOBUNSHA

光　文　社

『三毛猫ホームズの回り舞台』目次

プロローグ

「どんな名優も、一度は新人だったのだ」

というのが、土方冬彦《ひじかたふゆひこ》の口ぐせだった。

新人の役者が、初舞台を前に青くなって震えていると、土方はよくそう言って励ました。

もっとも、励まされた方にしてみれば、土方冬彦に声をかけられた、というだけで興奮してしまい、落ちつくどころか、ますます居ても立ってもいられなくなることの方が多かったのだが……。

それでも、土方ほどの名優が、自分のような「その他大勢」に近い端役《はやく》にも気配りしてくれたことに、誰もがずっと感謝の念を抱いていた……。

「出番です」

と呼ばれて、その夜、土方冬彦はいつものように楽屋を出た。

袖に入ると、共演している役者たちが土方に一礼する。むろん、舞台に聞こえては大変だから、お互い無言であった。

舞台からは若い女優たちのにぎやかなセリフのやり取りが聞こえて来る。

あの後だ。――大丈夫、セリフのきっかけも頭に入っている。

しかし、ふと上着の上からポケットを押えてみて、小さく舌打ちする。

メガネを忘れた！

楽屋だ。化粧台の前に置いた映像がくっきりと浮んだ。

「すまん」

と、小声で、「忘れ物だ。すぐ戻る」

他の人間では分るまい。土方は足早に袖から奥の通路へと出て、楽屋へ急いだ。

五十五歳のベテラン役者は、楽屋へ行って戻るだけの余裕があると分っていた。そして楽屋のドアを開けたが――。

「どこだ？」

メガネはなかった。舞台に出て、すぐ、

「もう若くないよ。新聞の字が見えない」

というセリフがあって、メガネを取り出し、かけなくてはならない。

一瞬焦《あせ》ったが、

「そうか。隣だ」

すぐに思い当った。隣の楽屋の化粧台に置いて来たのだ。

土方は急いで自分の楽屋を出ると、隣のドアを開けて、

「メガネをここに――」

と言いかけ、動きが止った。

抱き合ってキスしていた男女がパッと離れた。男は今度が初舞台の若い役者、女はこの劇団のベテラン、土方奈緒《なお》だった。土方の妻だ。

土方よりも、その二人の方が青ざめた。

「メガネを忘れたんだ」

と、土方は言うと、化粧台に置かれていたメガネを大股《おおまた》に歩み寄ってつかんで、そのまま出て行こうとした。

背中を向けたまま、

「新人にラブシーンを教えるのなら、楽屋はよせ」

と言った。「舞台でとちるなよ」

そしてドアを後ろ手に閉め、舞台へと小走りに向った。

「先生――」

演出助手が青くなって待っている。

「大丈夫だ」

持って来たメガネをポケットに入れ、少し息を弾ませながら土方は舞台に出て行った。

「お出かけかと思ったわ、お父様」

末娘役の若い女優が言った。

土方の登場が遅れたのだ。アドリブでそのセリフを言った度胸に感心した。

「新聞が床に落ちていたんだ」

土方もアドリブで返すと、ポケットからメガネを取り出し、「何の話をしてたんだ?

ずいぶんにぎやかだったが」

本来の台本に戻った。

他の役者たちがホッとしているのが分った。

大丈夫。——大丈夫だ、俺《おれ》は。

女房が若い役者とキスしていたぐらいでセリフを忘れるものか。

娘たちと父親の対話が続いてから、

「あら、叔母《おば》様だわ」

土方奈緒が舞台に出て来る。少し青ざめてはいたが、

「この家はいつもにぎやかね」

セリフは自然だった。「表に、この方が立って、入ろうかどうしようかと迷ってらしたの。——お入り下さいな、どうぞ」

あの若い役者、戸田安郎《とだやすお》が一礼して、場に加わった。

「お邪魔します。私は……」

と言いかけたまま、セリフが止った。

自分の役名を忘れたのだ。さっき、奈緒とキスしているのを土方に見られて動揺しているのに違いない。

舞台の袖にプロンプターはいるのだが、戸田は舞台中央まで出て来ていて、おそらく聞こえないだろう。

奈緒が凍りついている。戸田に向って言ってやりたいのだろうが、土方にどう見られるか、気にしている。

土方は小さく舌打ちした。――この馬鹿め！　本番直前に、他人の女房とキスなんかするな！

「見た顔だな」

と、土方はとっさにセリフを作った。「ああ、S大学の浜田《はまだ》教授の息子さんじゃないか？　前に紹介されたことがある」

「はい。――浜田実《みのる》です」

大学教授の息子、などという設定はどこにもない。しかし、〈浜田〉という名をきっかけに、続くセリフは順調に出て来て、他の役者たちもホッと胸をなで下ろしているのが分った。

休憩なし、九十分の芝居は、そのまま一気に終りまで辿《たど》り着いた。

何度かのカーテンコール。

拍手は、義理のものではなかった。土方と奈緒、新人の戸田安郎と、そして末娘役の桑野弥生《くわのやよい》の四人は、ひときわ大きな拍手を受けた。

互いに緊張関係にあったのが、いい結果を生んだのだろう。

「よし、終った」

と、土方は幕が下りると、左右を見回して、

「初日としてはよくできていた。二日目は気が緩《ゆる》むぞ。気を付けろ」

「はい!」

と、返事は揃《そろ》っていた。

「ご苦労さん」

土方のその言葉で、役者たちは引き上げて行く。

しかし、それだけでは話が終らないと分っている二人——奈緒と戸田安郎は残っていた。

「スタッフがいる」

　と、土方は言った。「家へ帰ってから話そう」

「ええ」

　奈緒が目を伏せる。

「先生」

　と、戸田が言った。「すみません」

「どっちに謝ってるんだ？」

「は……」

「セリフを忘れたことか。それとも人の女房に手を出したことか」

「――両方です」

　土方は苦笑して、

「一度ですませるのか？　――今日はもういい。明日、遅れるな」

「はい」

　土方はさっさと楽屋へ戻って行った。

　演出も土方が担当しているので、気は楽だった。ダメ出しをされることがない。

　楽屋のドアを開けると、化粧台の前に座っていたのは、桑野弥生だった。

「楽屋を間違えたのか？」

「いいえ。先生から叱《しか》られたくて」

と、弥生は言った。

「メイクを落としてからにしろ。その顔じゃ叱りたくても笑っちまう」

「乙女心を傷つけて」

と、土方をにらむ。

「心臓は頑丈だろ。それでいいんだ」

土方は上着を脱いでメガネを置く。

「じゃあ……明日ですね」

「ああ」

鏡に向うと、「今日は良かった。あの調子で行け」

「珍しい！　先生がほめてくれるなんて」

と、弥生は言った。「明日はきっと雪ね」

土方が顔を向けると、もう弥生の姿はなく、ドアが閉っていた。

ちょっと苦笑して、土方はメイクを落としにかかった。

その手が止る。

奈緒と戸田安郎。――妻が若い役者に手を出すのは、これが初めてではない。

だが、いつも土方は妻を責めなかった。

夫である前に、俺は役者だ。

そのプライドで、土方は妻の浮気相手の男のことも、公平に扱って来た。男がこの劇団をやめるときも、わざわざ他の劇団へ紹介状を書いてやったくらいである。

しかし――土方とて、苦しまなかったわけではない。

戸田とは、おそらくまだ深い関係を結ぶところまで行っていないだろう。

「皮肉なもんだ」

と、土方は呟《つぶや》いて、タオルで顔を拭《ぬぐ》った。

世間的には、土方冬彦の方が、「プレイボーイ」で知られているのだ。

〈劇団Z〉の主宰者にして、演出家。

こういう公演では黒字を出すことは難しく、結局土方が外部出演――映画やTVに出て稼ぐことで、何とか劇団が運営できている。

むろん、土方も五十五歳。たいていは渋い脇役だが、その実力は誰もが認めていて、現代劇、時代劇を問わず、一流の演出家、監督が出演を依頼してくる。

当然、その主演女優とも会うわけで、しばしば女優との仲を噂《うわさ》される。

土方は「プレイボーイ」というレッテルを面白がり、楽しんでいるところがあった。

しかし現実にはデートといっても、食事とバーでの一杯で終り。

ただ、そんな夫の「名声」が、妻の奈緒を傷つけているのかもしれない。

奈緒は今三十八歳。もちろん、〈劇団Z〉の新人女優だったのを、土方が育てたのである。

今、あの若い桑野弥生を見ていると、かつての奈緒を思い出す。

タイプは全く違って、奈緒はもっと生真面目《きまじめ》だったし、弥生のような「ひらめき型」ではなかった。それでも「若さ」の持つ、まぶしいような輝きは、かつての奈緒を思わせたのである……。

土方はメイクを落として立ち上った。

すると——「ニャー」と、猫の声がしたのである。

びっくりして振り向くと、一匹の三毛猫が静かに座って、土方を眺《なが》めているのだった……。

1　発掘

「晴美《はるみ》！」

と、桑野弥生は手を振った。

「弥生！　──久しぶり」

片山《かたやま》晴美は、弥生と手を取り合った。

「来てくれてありがとう」

「弥生の舞台だもん。見ない手はないわ」

「まだ小さい役だけどね」

「でも目立ってた。本当よ」

「ありがとう。──ちょっと待ってて。お茶して帰ろう」

「うん、いいよ。ああ、うちの兄、知ってたよね」

ヒョロリと長身の、片山義太郎《よしたろう》が晴美の後ろで小さく会釈した。

「もちろん！　名刑事さんよね」

と、弥生は言って、「桑野弥生です。よろしく」

「どうも……」

「すぐ着替えてくるわ」

と、弥生は「その他大勢」用の楽屋へと駆けて行った。

「可愛い子でしょ？」

「うん……。何かこう、パッと目立つところがあるな」

と、片山は言った。

「あら、ホームズ。どこ行ってたの？」

ホームズがスタスタと廊下をやってくる。

「あなた方の猫ですか？」

と、ツイードの上着の男が言った。

「はい。——あ、土方さんですね」

晴美は嬉しそうに、「私、桑野弥生の友人で、片山晴美です」

「ああ、弥生が今朝言ってた。警視庁の刑事さんがみえると」

「この兄です」

と、紹介する。

「——じゃ、土方さんの楽屋に？」

と、晴美は話を聞いて、「すみません。いつの間に入ったのかしら」

「いやいや。頭の良さそうな猫だ」

と、土方は笑って言った。

「弥生はどうですか？」

「明るくていい子だね」

と、土方は言った。「それに、天性のものを持っている。むろん、これから本人が努力しなければ宝の持ちぐされになるが」

「友人として応援します」

「よろしく。つまらないときはそう言ってやってほしい。役者は自分の芝居を見られないからね」

「分りました」

そこへ、

「あなた……」

と、大きなバッグを肩からさげた女性がやって来た。

「妻の奈緒だ」

「ああ、舞台、良かったですね」

晴美たちのことを聞くと、

「まあ、刑事さんですの」

と、奈緒が珍しげに片山を眺める。「私、今度、TVドラマで女刑事をやるんです。もちろん、大した役じゃなくて、すぐ殺されちゃうんですけど」

「そうだったな。収録はいつだ」

「この舞台が終った辺りから。四日間の予定よ」

「じゃ、片山さんに刑事の心得でも習っておくんだな」

と、土方は言った。

「その点じゃ、兄はお役に立てないと思います。落ちこぼれ刑事なので」

片山は晴美をチラッとにらんでやった。

「では、僕はこれで」

土方が妻の奈緒を促して立ち去ろうとしたとき、

「やあ、土方」

と、声をかけて来たのは、五十がらみの太った男だった。

禿《は》げ上った額がギラついている感じだ。

「――古村《こむら》」

土方が足を止め、「何しに来たんだ」

好意を持っているとは言えない口調だった。

「芝居を見に来たのさ」

と、古村という男は、小馬鹿にするような口調で、「他に用事があるか？」

「だったら、楽屋まで入って来なくていいだろう」

「いや、ちょっと――」

と言いかけて、古村の目は、着替えて出て来た弥生へと向いた。

「晴美、お待たせ！」

と、弥生が言うと、

「君、桑野弥生というのか」

と、古村が言った。

「――そうですけど」

「君は光ってたよ。いいものを持ってる」

「どうも……」

「古村さん、やめて」

と、遮《さえぎ》ったのは奈緒だった。「同じことをくり返さないで」

「おい、奈緒ちゃん、俺は大人の女を相手に話してるんだぜ」

と、古村は言った。「小学生を騙《だま》そうとしてるわけじゃない。俺の話を聞くも聞かないも、彼女の自由だろ」

弥生はキョトンとしていたが、

「先生。この人、誰ですか？」

土方が答える前に、古村は名刺を出して、

「俺は古村勇作《ゆうさく》。Kテレビのプロデューサーだ」

と、弥生に渡した。

「受け取るな」

と、土方が言った。「そんなもの、返してやれ」

「でも先生、せっかくですから」

弥生はそう言って、「猫のオモチャにします」

と、名刺をホームズの鼻先に投げ出したのだった。

それを見て、奈緒がちょっと笑うと、

「古村さん、その三毛猫ちゃんをスカウトするといいわ」

と言った。

古村は苦笑いして、

「猫じゃなくても、引っかかれることはあるんだな」

と言うと、「桑野君、また改めて連絡するよ。君が一人のときにね」

古村がのんびりと帰って行く。

「先生――」

と、桑野弥生が土方を見る。

土方は奈緒を見て、

「どうだ。みんなで飯でも食おうか」

と言った。「刑事さんたちも、弥生もだ」

「はい！」

弥生がすぐに答えた。


「古村勇作は、元劇団員だったの」

と、奈緒は言った。

「うちのですか？」

と、弥生が訊《き》く。

「そうだ」

土方が肯《うなず》いて、「一応、〈劇団Z〉を旗上げしたときのメンバーの一人だった」

「じゃ、辞めたんですね」

「辞めさせた、と言うべきかな。――ともかく、役者としても、進歩がなかった」

片山たちも含めて、一同は焼肉屋に入っていた。

テーブルの足下ではホームズが焼肉をもらって、舌鼓を打って（？）いる……。

「古村には営業的な才能があったわ」

と、奈緒が言った。「でも、当人は後から入った新人にいい役がつくのを面白く思ってなくて。それで主人とぶつかってやめたの」

「それでTV局に？」

と、晴美が訊いた。

「何年間か、何をしていたのか、全く知らなかった」

と、土方は言った。「おい、ビールだ！　——ところが、ある日突然いいなりをして舞台を見に来た」

「TV局のプロデューサーに……」

「それだけなら、別に構やせん。他人の人生だ。とやかく言うことじゃない」

「何かあったんですね」

と、弥生が訊いた。

「そのころ、劇団で一番有望だった若手の女優に目をつけて、TVに出ろと誘ったんだ」

「さっきの私みたいに？」

「ああ。こっちが全く知らない間に、その子を引き抜き、突然芸能事務所に所属させてしまった」

「しかも、それで上手《うま》くいけばいいけど、結局その子はアイドル扱いされて、そこそこしか売れず、消えてしまったの」

と、奈緒は言った。

「突然いなくなって、こっちも心配で捜し回った」

と、土方は言った。「何の連絡もなかったんだ」

「ひどいですね」

「哀れなのは、当人だよ。最近になって、ドラマの脇役で時々見るが、もう以前の面影は全くない。古村の奴《やつ》のおかげで、一人、有望な女優が失われた」

ビールが来ると、土方は一気に飲み干した。

「あなた……。明日の舞台にひびくわ」

と、奈緒が心配そうに言った。

「分ってる。もうこれ以上飲まん」

と、土方は言って、「ああ、片山さんたちはどうぞ飲んでくれ」

「いえ、兄は全く飲めないんです」

と、晴美が言った。

「ほう。ではいい役者になれるかもしれん」

「飲めないと、ですか？」

「酔っ払いの姿をいつも見ているだろ？　酔ってる本人には分らないことが、飲めない人間には分る」

「酔っ払いの役だけ上手くなっても……」

と、片山はウーロン茶を飲みながら言った。

「いや、人間一つ得意なものがあると、全く違うんだよ。役者もそうだ。何か一つ、得意なものを身につけると、それが自信になり、他に影響して行く」

「演劇論ですね。大好きだわ、そういうお話って」

と、弥生は目を輝かせている。

もっとも、食べる手も止っていなかったが。

大食いの石津《いしづ》がいなくて良かった、と片山は思っていた。ここは土方が払うことになっていたからだ。

しかし——確かに土方の身になれば、新人女優を古村に奪われたということになるだろうが、その女優も自分でＴＶの方の道を選んだのだ。

「ああ、お腹一杯！」

と、弥生は伸びをして、「明日も頑張る！」

「そうだ。今は舞台のことだけ考えろ」

「はい」

「そろそろ行くか」

土方が店の人間を捜して振り返った。

そこを、化粧室から席に戻る女性が通りかかったのだが、ちょうど土方と目が合って、ハッと足を止めた。

「先生……」

地味なスーツ姿のその女性は、凍りついたように立ち止って土方を見つめていた。

その雰囲気に気付いた奈緒は、振り向いて、

「――まあ、あなた……」

奈緒の言葉で我に返ったように、その女性は、

「どうも」

と、会釈してそのまま奥のテーブルへと向った。

土方は息をついて、

「噂をすれば、ってことはあるもんだな」

と言った。

「先生」

と、弥生が言った。「もしかして、今の人が……」

「ええ」

と、奈緒が肯いて、「さっき話した、古村が引き抜いて行った女優よ。副田百合《そえだゆり》っていうの」

「刑事物のドラマで見たことがある気がします」

と、晴美が言った。

「今、いくつだ?」

と、土方が奈緒に訊く。

「あれから七、八年? たぶん……まだ三十二、三だわ」

「すっかり老けたな」

確かに、片山の目にも、その女性には若々しさが感じられなかった。

「まあいい。済んだことだ。——おい、会計してくれ」

土方が店の人間に声をかけた。

「あの……私たちまでごちそうになっては……」

と、晴美が言うと、

「いいんです」

と、奈緒が微笑《ほほえ》んで、「こんな風に楽しくお話しできて、主人は喜んでいますから」

「では……。すみません」

「ニャー」

「ホームズもお礼を申してます」

みんなが笑った。

席を立って店を出る。

「では、ここで」

と、片山が言った。

そのとき、

「先生！」

店からさっきの女性が飛び出すように出て来た。

「何だ」

と、土方が振り向くと、

「お話ししたいんです。お願いです、聞いて下さい！」

と、副田百合という女性は深く頭を下げた。

「やめてくれ。今日、新しい芝居の幕を開けたばかりで、余計なことに気をつかうわけにいかん」

「でも――ほんの十分でも、五分でもいいんです。お願いです」

「百合ちゃん」

と、奈緒が言った。「一度出て行ったんだもの。もう無理よ。分ってるでしょ」

「奈緒さん……」

「タクシーが来た」

土方は空車を停めると、「じゃ、明日があるのでお先に」

と、さっさと乗り込む。

土方と奈緒を乗せたタクシーが行ってしまうと、弥生は、

「じゃ、私はここから歩いて帰る。晴美、今日はありがとう」

「頑張ってね」

「公演の終りごろ、また見に来てくれる？」

「いいわよ」

「頑張るから！」

と、弥生は行きかけて、「――でも、五分くらいならいいのにね」

と、副田百合の方を振り返った。

「あなたは……新人？」

と、副田百合が言った。

「ええ。セリフのある役は今日が初めて」

「そう。私も初めての舞台は忘れられないわ」

「私、桑野弥生。――よろしく」

と、差し出した手を、百合は握った。

「副田百合よ」

「お話、私が聞いてもしょうがないわね」

「でも……」

「何なら、そこに刑事さんもいるけど」

「刑事さん？」

弥生が片山たちを紹介すると、

「じゃあ……本職の刑事さんなんですね」

「まあ、一応は」

「話を聞いていただけます？」

と、百合は言った。

「僕らがですか？」

と、片山が言った。

「ええ。――土方先生にお話ししたかったこと。お芝居のことだけじゃないんです」

「というと？」

「先生の身に何か起こっているかもしれないんです」

と、百合は言った……。

2　その他大勢

もう二時間も待たされていた。

暖かい昼間ならともかく、十月も末の、それももうすぐ夜中の十二時になろうとしているのだ。

三十二歳は「まだ若い」と思っている百合としても、この寒さはこたえる。

髪が伸び放題で、くたびれ切った様子のＡＤが前を通りかかったので、

「あの──」

と、百合は声をかけた。「まだ大分かかりそうですか？」

ＡＤはチラッと百合を見て、

「俺に訊いたって分るかよ！」

と、とげのある声で言った。「あんた、エキストラだろ？　おとなしく待ってろ、『その他大勢』は」

「すみません」

百合は目を伏せて言った。

ＡＤは大股に歩いて行きかけたが……。

足を止め、戻って来ると、

「ごめん」

と言った。「あんたに八つ当りしても仕方ないのに」

「あ、いえ……」

「三日寝てないんでね。くたびれてるんだ。つい苛々《いらいら》してね」

「いいんです。あなたのせいじゃないですから、遅れてるの」

「うん」

ＡＤはため息をつくと、「何しろ『アイドル』が、ちっともセリフ、憶《おぼ》えてないもんでね」

――ＴＶドラマの収録。

都内のスタジオに、百合は来ていた。確かにエキストラに近いが、それでもセリフが二つある。

主役のアイドルスターの女の子が、忙し過ぎてセリフを憶える暇がなかったというので、収録は遅れていた。

「名前、何だっけ？　訊いて来てあげるよ」

と、ADが言った。

「でも……。副田百合っていいます」

「分った。ええと……」

ADは腰に差していた、丸めたシナリオをめくると、「——ああ、この〈ウエイトレスA〉の人ね」

「そうです」

「いつぐらいになるか、分ったら教えてあげるよ」

「すみません」

ADが親切にしてくれたことが、百合の疲れを大分いやしてくれた。

ADはちょっと首をかしげて、

「あれ？　副田百合って……。あんた、以前『白昼の箱船』とかに出てなかった？」

「え？」

「〈劇団Z〉の。俺、あの芝居、大好きでさ」

「まあ、憶えてくれたんですか。ええ、あのとき、末娘の役をやりました」

「やっぱり、そうか！　凄《すご》く良かったよ、あれ」

「ありがとう」

「だけど……あんなに上手なのに、どうしてこんな役やってるの？」

「いえ……。今は舞台には出てないので」

「そうか。もったいないな！　こんな役、あんたじゃなくたって……」

「でも、貴重な収入です」

と、百合が言ったとき、

「もういやだ！」

と、ヒステリックな声を上げて、主役のアイドルがセットの花びんを床へ叩《たた》きつけて壊してしまった。

セットの役者もスタッフも、静まり返っていた。

「あれはセリフじゃないよ」

と、ＡＤが小声で言った。「ＯＫが出なくて、切れたんだな」

アイドルが顔を手で覆《おお》って泣き出した。

やり切れない空気が、スタジオの中を支配していた。

「ちょっと休憩！」

投げやりな声を出したのは、ディレクターだ。

主役の子が泣き出してしまったのでは、収録どころじゃない。副田百合はため息をついて、

「これでまた遅くなりそうですね」

と言った。

「うん……」

ADは何か考え込んでいる風だったが、「ね、あんたはここにいる？」

と、百合に訊いた。

「ええ、もちろん」

待つのも仕事の内だ。

ADは仏頂面《ぶっちょうづら》をしているディレクターの所へ行くと、何やら小声で話していたが、やがて百合の方へ戻って来た。

「ね、百合さん、ちょっと来て」

「私ですか？」

「うん、ちょっと」

何だかわけの分らない内に、セットのかげへ引張って行かれる。

「連れて来ました」

そこに待っていたのは、ディレクターとプロデューサーだった。

「副田百合さんっていって、舞台ではベテランです。本当、凄く上手いんですよ！」

百合はそんなことを言われたことがないから、ただ面食らっているばかりだった。

「君、〈ウエイトレスA〉か」

と、ディレクターが言った。

「そうです」

「今、引っかかってるシーンにはウエイトレスは出て来ない。だが店の中だから、その辺にいてもおかしくないだろ。マリエがセリフを忘れたら、そばでつけてほしいんだ」

「つける、って……。プロンプターをやれってことですか」

「うん。マリエの分のセリフも憶えてもらわなきゃいかんが、できるか」

マリエとは、今泣き出してしまったアイドル、安東《あんどう》マリエのことである。

「それは……。でも、セリフ、パネルに書いてカメラに入らない所に出すとか……」

「それができないんだ。マリエ、ともかく目が悪いんだ。コンタクトがだめなんで、とても読めない」

「はあ……。でも、マイクが私の声を拾ってしまうんじゃ？」

「大丈夫。後で消すことはできる」

「そうですか……」

「どうだ？　マリエのセリフは結構長いが、憶えられるか、今すぐ」

「憶えています」

「——憶えてる？」

「脚本、何度か読みましたから、セリフ、憶えています」

「自分の役でもないのに？」

「他の人のセリフも憶えておかないと、舞台はつとまりませんから」

「そうか！　じゃ、マリエの機嫌が直ったら始める」

「ただ……」

と、百合は言いかけて、「やっぱりマリエさん自身が、セリフ憶えるようにした方が……。それが本来の姿です」

「そりゃ分ってるけどね」

と、プロデューサーが汗を拭って、「今はとても無理だろう」

「私……やってみましょうか。今、マリエさん、どこに？」

「控室だろ。じゃ、ひとつ頼むよ」

――ADの案内で控室へ向う。

先にADが入って、話をしていたが、

「入っていいよ」

と、顔を出す。

「――こんにちは」

と、百合はふくれっつらで座っているアイドルに微笑みかけた。

「今晩は」

と、面倒くさそうに言って、「役者さん？」

「ええ。でもあなたみたいに大きな役じゃないの。〈ウエイトレスA〉よ。名前もついてないんだから」

「でも役者さんだもんね。私なんか、頭悪いし、お芝居なんて習ったことないし……」

と、いじけている。

「すみません。マリエさんと二人にしていただけます？」

そばにいた男のマネージャーが、ちょっと文句を言いたげにしたが、

「いいよ」

と、マリエが肯いたので、肩をすくめて出て行った。

「じゃあ、これがシナリオね」

と、百合は開いて、「――今はこのところね」

「セリフが長いし、動いて色々しなきゃいけないんで、すぐ忘れちゃうの」

「そうね。セリフ憶えるのって大変よ。こうして文字だけ見てたって、とても頭に入って来ない。だからね、動きを先に憶えるの。それにセリフを合せてく」

「動きを？」

「やってみましょ。私が相手するから。――そこに立って。私はここ」

「何の役？」

「私は食器戸棚」

マリエはそれを聞いて目を丸くしたが、すぐに笑い出して、

「面白い！　食器戸棚を人がやるの？」

「何だってやるわよ。はい、歩いて来て、引出しを開ける。——どこか適当なとこ、引張って。——ちょっと！　くすぐったい！」

「食器戸棚がくすぐったがってる」

と、大喜び。

「そこで最初のセリフ。『悪かったわね。私って、いつもこうなの』

「悪かったわね」

「くすぐって悪かった、と憶えれば忘れないでしょ？」

「あ、そうか」

「それからスプーンを出して、それを振りながら椅子《いす》の方へ。——このボールペン、スプーンの代り」

「テーブル、ないけど」

「はい！」

百合はマリエの前に手をついて、「これ、テーブル。足のせていいわよ」

「ハハ、おかしい！」

と、マリエはまた笑った。

——二十分ほどして、控室のドアが開いて、

「もう大丈夫です」

と、百合が言った。

マリエは楽しげにセットへやって来ると、

「さっきはごめんなさい」

と、謝った。「花びん、弁償します」

「いや、いいよ。じゃ、やろうか」

「はい！」

マリエは別人のように活き活きと演技をして、しかもセリフも間違えず、スタッフを啞然《あぜん》とさせた。

「OKだ！　マリエ、良かったぞ！」

「百合さんのおかげ」

マリエはセットの外で眺めていた百合の方へ手を振った。

百合の出番がやっと来て、アッという間に終る。

「お疲れさん」

と、やって来たのはさっきのＡＤで、「助かったよ」

「いいえ。良かったわ、順調に進んで」

「うん。プロデューサーが話があるって言ってる。少し待てるかい？」

「ええ。どうせ、もう電車ないですし」

と、百合は言った。

「そうか。タクシーで帰るの？」

「まさか！　始発が出るのを、どこかファミレスででも待ってます。コーヒー一杯で」

「タクシー代くらい出させるよ」

「いただけるなら嬉しいですけど、タクシー代じゃなくて食費にします」

「分った。ちょっと待ってて」

と、ＡＤは笑って行きかけたが、ふと足を止めて振り返り、「僕は久野《くの》っていうんだ」

「久野さん？　よろしく」

「うん」

ＡＤがスタジオの中へ戻って行き、百合は廊下のソファに腰をおろした。

時間が時間だ。眠気がさして来る。

ついウトウトしていると、

「百合さん」

と呼ばれて目を覚ます。

「あら……」

アイドルの安東マリエが可愛いハーフコートを着て立っている。

「まだ残ってたの？　寝る時間がないでしょう」

「収録の後にインタビューが一つ入ってて」

「まあ、こんな時間に？　大変ね」

「あの、百合さん」

と、マリエは隣に座ると、「さっきADさんが言ってたけど、百合さん、〈劇団Z〉ってとこにいたの？」

「ああ……。昔ね」

「土方さんって人……」

「土方冬彦？　ええ、〈劇団Z〉のボスね。偉い役者さんよ。どうして？」

「以前、他のドラマで共演したことがある」

「土方さんと？」

「校長先生の役で。私、中学生の役だった」

「似合いそうね」

と、百合は肯いた。

「あのね、さっき、出番終ってからインタビューの準備できるまで、少し時間あったの」

と、マリエは言った。「トイレに行って、出ようとしたら、廊下で誰かがしゃべってて……」

「それがどうしたの？」

「〈劇団Z〉のこと、話してた」

「へえ。――珍しいわね」

「それがね、男の人同士の話だったけど、『〈劇団Z〉はもうだめだろう』って一人が言って、もう一人が『そんなにひどいのか？』って訊いたの」

「『もうだめ』？」

「そしたら、『いや、だめってわけじゃないが、土方冬彦はもう先が長くないからな。土方がいなくなったら、〈劇団Z〉は消えてくさ』って……」

百合は愕然《がくぜん》として、

「土方さんが『先が長くない』って？　確かにそう言ったの？」

「うん。凄く静かで、はっきり聞こえた」

と、マリエは肯いた。

「それ……誰が話してたか分る？」

「分かんない。顔出したらすぐ気が付かれちゃうから、トイレの中でじっとしてたの」

「そうね……」

「声には聞き憶えなかった。よく知ってる人じゃなかったと思う」

そこへ、マネージャーの男性がやって来て、

「ここにいたのか！　捜したぞ」

「もう出る？」

「ああ。行こう」

「じゃ、百合さん」

マリエは立って、「ありがとうございました」

と、きちんとおじぎをした。

百合は黙って微笑んで見せたが……。

マリエの後ろ姿を見送って、百合は、

「どういうこと？」

と呟いた。

あの子が嘘《うそ》をつくはずもない。あれだけはっきりと〈劇団Z〉や土方の名前を聞いているのだから、事実だろう。

でも——土方のことを、「先が長くない」というのはどういう意味だろう。

考え込んでいると、あの久野というADが戻って来た。

「やあ、ごめん。——これ、プロデューサーからのお礼だって」

と、一万円札をくれる。「愛想ないね」

「いいえ、ありがたいわ」

と、百合はそれを財布へ入れると、「ギャラは別にくれるのよね？」

「当り前だよ」

と、久野が笑って、「このドラマで、また他の役につけてくれるって」

「助かるわ。——気をつかってくれて、ありがとう」

「どういたしまして」

久野はそう言って、「あの——こんなこと、突然で悪いけど……」

「何かしら？」

「この仕事、当分は休みなしで続くと思うけど、その後でも、食事、付合ってもらえないかな」

「え？」

百合はびっくりした。久野が赤くなっているのを見て、さらにびっくりしたのだった……。

「その話を、先生に伝えたくて」

と、百合は言った。「もちろん、どういうことなのか、さっぱり分らなくて、漠然《ばくぜん》とした話なんですけど」

——焼肉屋に近いファミレスで、片山たち、そして桑野弥生はコーヒーを飲みながら副田百合の話を聞いていたのだった。

「心配ね」

と、弥生が言った。「どういう意味かしら？」

「普通、『先が長くない』って言ったら、病気とかでしょうね」

と、晴美が言った。

「先生が病気？　全然そう思えない」

と、弥生は首を振った。

「もちろん、その話と一緒に、〈劇団Z〉に戻りたいってこともお話しするつもりだった」

と、百合は言った。「でも、それはたぶん無理でしょうけど」

「百合さん、まだ若いじゃない」

と、弥生が言った。「大丈夫！　美人だし」

「ありがとう」

と、百合は笑って、「希望が湧《わ》いて来たわ」

「でも、土方さんのこと、心配ね」

と、晴美が言った。「百合さんの話、私から伝えましょうか」

「そうしていただけます？　私が話しても信じてもらえるかどうか」

そのとき、百合のケータイが鳴った。「こんな時間に。――失礼します」

席を立って、店の入口の方へと向った。

「――この公演中にお話しできるかしら？」

と、晴美が訊くと、

「そうね……。公演始まっちゃうと、他のことは耳に入らない、って聞いてるわ」

と、弥生が言った。「とりあえず一週間したら、来週の火曜日が休演日なの。月曜日の公演の後だったらどうかしら？」

「それがいいわね。じゃ、月曜日にもう一度行くわ」

「うん、そうして。先生には、あなたがお話ししたいことがあると言ってます、とだけ言っておくわ」

「了解。――お兄さんも来る？」

「仕事があるよ」

と、片山は言った。「それに事件性はないだろ」

「今のところはね」

「いやなこと言うなよ」

と、片山は苦笑した。

百合が何だかぼんやりした様子で戻って来る。

「――どうしたんですか?」

と、弥生が訊いた。

「え? ああ……」

百合は座って、「久野さんってADからで……」

「あ、百合さんにひと目惚《ぼ》れした人ね」

「そんな――。話を作らないでよ」

と、百合は照れて、「今のマリエちゃん主演のドラマで、マリエちゃんの叔母さん役の女優さんが事故で骨折しちゃったんですって。代りに私にやってくれないか、ってプロデューサーが……」

「すてき! 大きな役じゃないの」

「〈ウエイトレスA〉よりはね」

「もちろんやるんでしょ?」

「たぶん……。シナリオ読んでみないと……」

「何だって、やればいいのよ！」

と、弥生が力強く言った。「有名になれば役を選べる。それまでは何でも来る役は拒まず！」

「そうね」

百合は笑って、「少なくとも、マリエちゃんのおばあさん役でなくて良かったわ」

と言った……。

3　底なし沼

「もしもし」

すぐに朱子《あきこ》が出た。

「ああ、俺だ。少し遅くなる」

と、水科拓郎《みずしなたくろう》は言った。「部長と飲んでるんだ。飯は取っといてくれ」

「分ったわ。にぎやかね」

「うるさいだろ？　盛り場だからな」

「じゃ、仕度しておくわ」

「遅くなったら先に寝てろ」

と、水科は言って、「じゃあ」

と、通話を切った。

周囲の派手なネオンを見回す。

確かに、この辺がにぎやかなことは間違いなかった。しかし、水科の話は事実ではなかったのだ。

水科は一人だった。

もうこの道を何度通っただろう？

夜の盛り場には、昔とは違う光景があった。酔っ払いが吐いていたり、ホステスが客にまとわりついて口説いていたりする姿は、ほとんどない。

その代り、ちょっとしたものかげやビルの入口に、制服姿で二、三人ずつ立っているのは、十七、八の少女たちだった。

こんな時間になっても、家へ帰るではなく、仲間としゃがみ込んだり、ケータイをいじっている。

初めてこの辺にやって来たとき、水科はその光景に驚いたものだ。

一体、あの子たちは何をしているんだろう？　単なる好奇心で声をかけてみると、

「ホテルに行く？」

と訊き返され、あわててその場を離れたものだ。

家に帰りたくない。——そういう少女たちが少なくないこと。ここで時間を潰《つぶ》し、始発の電車が出るまで待っていること。

そんなことを初めて知った。

「——驚いたな」

その日、帰宅して、妻の朱子に言ったものだ。「それも、みんなごく普通の女の子なんだ。亜矢《あや》とちっとも変らない」

「きっとお家に問題があるのよ」

と、朱子は夫の上着を受け取って、「それに亜矢はまだ十四よ」

「分ってる。だが——あと三、四年すりゃあの年齢《とし》になるんだ」

「亜矢は大丈夫。怖がりだもの。そんな所へ行ったりしないわ」

そこへ、

「誰が怖がりだって？」

と、丸い顔がヒョイと覗《のぞ》く。

「何だ、まだ起きてたのか」

と、水科は笑って、「寝坊しても知らないぞ」

「お腹空いたの！　ママ、何かある？」

「亜矢ったら、今から何か食べるの？」

と、朱子が呆《あき》れて言った。

「だって、お腹空いたんだもん」

と、亜矢が口を尖《とが》らす。

「もう……。冷凍のピラフならあるけど」

「それでいい！」

と、亜矢が勢いよく手を上げた。

こいつはまだまだ色気より食い気だな、と水科は安堵《あんど》しながら思った。

「パパ、それってどの辺？」

と、亜矢が訊いた。

「何だ、聞いてたのか」

水科の話に、亜矢は肯いて、

「この間、先生が朝礼の時間に話してた」

「お前たちに？」

「その後、理由が分ったの。パパ、小学六年生のとき一緒だった、有田文江《ありたふみえ》って憶えてる？」

「有田……。どんな子だったかな」

「ほら、一番背も高くて、大人っぽかった子よ」

「ああ、分った。駆けっこで一番だった子だな」

「そう。あの子がね、その辺で補導されたの」

「まあ」

朱子がピラフの用意をしながら、

「そんな話、ママは聞いてないわ」

「父母会の席じゃ話が出たって」

「そうなの？　じゃ、誰かに聞いてみましょ」

「処分されたのか」

「ううん。文江ちゃん、『友だちに誘われて行ってみただけ』って説明したんだって。それで注意されただけで済んだらしい」

「そうか……。しかし、何てったって、まだ十四だろ？」

「あの子、生まれ月が早いから十五だよ、もう」

「十五歳ってのはいないんじゃないか、あの辺には」

「どうかなあ……」

亜矢は思わせぶりな言い方をした。

電子レンジで温めたピラフをせっせと食べている亜矢を見ながら、水科は、「まさか」と思っていた。

しかし、自分に十五歳と十七歳の見分けがつくかと言われたら、自信はない。

まあ、いずれにしてもうちには関係ないことだ……。

「風呂に入る」

と、水科は立ち上った。

そして、正に「あの場所」で、有田文江と出会ったのは、その一週間後だったのである……。


「黙っててね、おじさん」

と、有田文江はシェークを飲みながら言った。

「文江君……」

「お説教はやめて」

と、文江が遮った。「私、この辺じゃ十八歳で通してるの」

文江は少し化粧もして、体のラインが出るぴっちりした服を着ていた。

もし、一週間前に亜矢から聞いていなかったら、文江に全く気付かなかったろう。

「よく私のこと憶えてたわね」

と、文江が言った。

「亜矢から聞いたんだ。君がこの辺で……」

「そうだったんだ。学校中に知れ渡ってるよね」

水科は文江とハンバーガーの店に入っていた。文江と似た格好の娘たちが大勢いる。

「だが、君もよく僕を憶えてたね」

と、水科はコーラを飲みながら言った。「実際、君がすぐ目をそらしてたら、気付かなかったと思うよ」

「そうよね」

と、文江は笑って、「私も、どこかで見たことあるな、誰だっけ、って考えてたの」

「よく思い出したね」

「そうね」

文江はちょっと目を伏せて、「知らなかったでしょ」

「何を？」

「私、小学生のころから、水科さんのこと、好きだったんだ」

水科は啞然とした。

「大人をからかわないでくれよ」

「本当よ。一度、お家に遊びに行ったの。おじさん、いなかったけどね」

「会社に行ってた日かな」

「たぶんね。私、トイレ借りるって言って、寝室に入ってってた。そこでクローゼットを覗いてね、ネクタイ一本、もらって来ちゃった」

「本当かい？　知らなかった」

「今でも持ってるわ。——だから今夜、ここで会えたのって、運命なのかな、って思った」

　水科は自分を見つめる少女の、大人びた眼差しにギクリとした。――冗談じゃない！

亜矢の友だちだぞ。しかも十五歳だ。

　まだ子供なんだ。そうさ。

「運命は大げさだろ。偶然ってのはあるもんさ」

「でも、どうしてこんな所に来たの？」

　水科はちょっと詰《つま》って、

「それは……。この前、同僚と飲んだ後、帰るときに通ったんだ。女の子が沢山いて、
びっくりしてね」

「今夜も？」

「うん……。ここを抜けると近道だからね」

　それは口実だった。本当は少し遠回りなのだ。

「急ぐ？」

　と、文江は訊いた。

「まあ……そう急ぐわけじゃないけど……」

　と、口ごもる。

「それじゃ……」

　文江は少し声をひそめて身をのり出すと、「どこかでゆっくりして行かない？」

と言った。

水科が絶句していると、文江が弾けるように笑い出した。

「おじさん、本気にした？」

「おい……。びっくりさせないでくれよ」

「ちょっとお腹空いてるの。こんな所じゃなくて、少し洒落《しやれ》たお店、知らない？」

「分った。タクシーで十分ぐらいだけど、いいかい？」

と、水科は言った。

ホッとしていた。しかし、同時に、一度はもしかして、という気持になったのも事実だ。

「じゃ、出ようか」

と、水科は立ち上った。

あれから……何度めになるだろう？

文江は、学校では至って真面目に過しているらしい。

頭の回転も速くて、テストの成績もいいという。だが、週に一、二度、こうして水科と待ち合せている。

お茶を飲んだり、軽い食事をしたりという範囲からは出ていないが、水科の中では、文江への想いがふくれ上っていた。

　もし……もしも、文江の方から誘って来たら、拒む自信はなかった。

　今はもう文江は少女でなく、「女」だった。水科にとっては……。

　そして今日——。

「抱いて」

　文江は、歩きながら、ギュッと水科の腕を絡《から》めて、言った。

「文江君——」

「何もしなくていいから、抱いて。ね、お願い」

「どうかしたの？」

「私、おじさんが抱きしめてくれなかったら、とんでもないことしそうだ」

「君……」

「その辺の男の子と、適当に誰とでもホテルに泊っちゃいそう」

「そんなこと、いけないよ」

「ね、だからおじさんが抱いて。ただおじさんの胸で休んでいたいの」

　水科は、俺の方がそれで済まないかもしれないから困るんだ、と言いたかった。

　そして二人は、ホテルが並ぶ通りへ抜ける細い路地へと入って行った。

「え？——何？」

と、有田文江が足を止める。

ホテルが立ち並ぶその通りは、いつもと全く様子が違っていた。

道に二十人近い人間が立っていて、ライトが明るく辺りを照らしている。

「何かのロケだ」

と、水科は言った。「まずいよ。戻ろう」

「でも——面白いじゃない」

と、文江は眺めている。

水科の方は、いささか焦っていた。こんな所で十五歳の少女と二人でいるのだ。

万一、知っている人にでも会ったら……。

「あ、すみません」

と、ADらしい男が水科たちに気付いて、

「今、TVドラマのロケなんです」

「分りました。——さ、戻ろうよ」

と、水科は促したが、

「何のドラマ?」

と、文江は訊いている。

「『夜は終らない』ってドラマだよ」

と、ADが答えた。

「あ、見てる、それ。安東マリエのだよね」

「うん。――あ、ここ、通り抜けるんですか？」

「あ、いや……」

「本番まで、まだかかりますから、通って下さい」

「しかしね――」

「行こう、おじさん」

と、文江がさっささと歩き出す。

「おい、待てよ！」

仕方なく、水科はあわてて文江の後を追って行った。

「雨上りって感じで、道を濡《ぬ》らしてくれ」

と、指示しているのはディレクターだろう。「ライトが濡れた所に映ってるようにしたい」

「じゃ、ライト、奥の方ですね」

「一つ二つでいいからな」

重そうなライトを、ガラガラと押して、道の向うへと動かす。

そのスタッフの間を、水科は生きた心地もしないで歩いていた。文江は面白がって、急ごうとしない。

「おい、カメラ位置、もう少し道の脇に寄せて！」

と、声が飛ぶ。

水科の心配をよそに、TVの収録のために大勢のスタッフが駆け回っていて、水科と文江のことを目にとめる者はいなかった。

「――あ」

と、文江が足を止め、「見て。安東マリエだ」

道に置かれたパイプ椅子に、暖かそうなダウンジャケットをはおってかけているのは、確かに主役のアイドルだった。

台本を開いて眺めていたが、文江が名前を言ったので顔を上げて、二人を見た。

「いつも見てます」

と、文江が言った。「頑張って下さい」

「ありがとう」

と、アイドルは微笑んだが……。

アイドルの視線は水科の方を向いていた。

水科も、まじまじと安東マリエを見ている。

そして、マリエが言った。

「――お父さん？」

文江が面食らって、

「え？」

「マリか？」

と、水科が唖然として、「本当に？」

「うん……。マリだよ」

「水科さん……。どういうこと？」

文江の声で我に返る。

「いや……。びっくりした！」

「お父さん、って……」

「この子は僕の娘なんだ」

「安東マリエが？」

「マリ、だったんだ」

「今のプロダクションに入って、『マリエ』にしたの」

「そうか……。『安東』ってのは……」

「二度目のお父さんの名前。もう別れちゃったけど」

「お母さんは元気か」

「うん。今、私のマネジメントやってる」

「そうか……」

二人の会話は、忙しく駆け回っているスタッフの耳には入っていなかった。

「その子は？」

と、マリエが文江を見て言った。

「この子は——有田文江君といって、娘の友だちだ」

文江が首をかしげて、

「おじさん、どういうこと？」

「つまり……手っ取り早く言えば、若いころ結婚して、このマリが生まれたが、この子が二歳のとき離婚して、母親が引き取った。僕はその後、今の女房と結婚して、亜矢が生まれたんだ」

「へえ……」

「六歳くらいまでは年に一度会ってた。——でなきゃ、とても分らないだろうな」

「お父さん、太ったね」

と、マリエが言って笑った。

「絹子《きぬこ》は——お母さんはどうだ？」

「派手になった」

と、ひと言、マリエは肩をすくめた。

　そこへ、

「マリエちゃん、寒くない？　これ、熱いココア。自動販売機だけど」

「ありがとう、百合さん」

　と、マリエは紙コップを受け取った。

「準備がかかるのね」

「慣れてる」

「私、あんまりロケはないから……。ごめんなさい、お知り合い？」

「いいの、この人、水科さんっていって、私のお父さん」

「あら……。そうだったの？」

「お父さん、この人、共演してる副田百合さんっていうの。とても上手なんだよ」

「どうも……」

「副田百合です」

「私の演技の先生なの」

「大げさよ」

　水科は周囲を見回して、

「じゃ、あまり人目につかない内に……」

　と言った。「マリ……。お母さんには言わない方がいいな」

「心得てるよ」

「じゃあ……」

と、行きかけると、

「お父さん！　メールのアドレス、教えて」

と、マリエが呼び止めた。

「――いいのか？」

「交換しよう」

「うん……」

そして、水科が文江と足早に立ち去ると、

「――そういうことだったの」

と、百合は事情を聞いて納得した。「でも、偶然ね、こんな所で」

「うん……」

マリエはちょっと心配そうに、「でも、こんな所で、何してたんだろう、お父さん？」

4　現場

「叔母さん」

と、マリエが言った。「こんな所に、お母さんがいるの？」

「私だって、いてほしくないわ」

と、百合が並んで歩きながら、「ただ……もしかしたら、ってことよ」

「でも……友だちでも、こういう所に出入りしてる子がいるよ」

「まさか……」

「私、そんなことしてない」

「良かったわ」

「あ、見て」

と、足を止める。

二人が見る先には、ホテルの玄関から出て来る中年男とセーラー服の女子高生が……。

そういう設定である。

「――ＯＫ！」

と、ディレクターが言った。「ご苦労さん！　いい絵になったよ」

「お疲れさま」

と、百合は息をついた。「マリエちゃん、寒くない？」

「大丈夫、――あれ、パトカー？」

サイレンが聞こえて、少しずつ近づいて来た。

「助かった」

と、録音のスタッフが、「ちょっと遅れたら、あれが入っちゃうとこだ」

「じゃ、撤収だ」

「マリエちゃん、ご苦労さん」

「はい」

マリエのマネージャーが車を回しに行っている間も、パトカーのサイレンはどんどん近づいて来た。

「こっちへ来る」

と、マリエは言った。

「本当ね」

と、百合も肯いた。

そして本当にパトカーが、ロケをしている通りへと入って来たのである。

カメラやライトが道をふさいで、パトカーは一旦停ると、

「道を空けて下さい！」

と、車の窓から言った。

「今、片付けますから」

と、ＡＤたちが急いで道を空ける。

パトカーに続いていた車が、ノロノロと通り過ぎようとして——。

「あ、片山さん？」

と、百合が車の中を覗き込んだ。

「やあ、この間の……」

片山が顔を出した。「撮影ですか」

「ええ。——何かあったんですか？」

「この少し先で、女の子が殺されているって通報が」

「まあ……」

「失礼します」

車が行ってしまうと、

「今の人、知ってるの？」

と、マリエが言った。

「話したでしょ、三毛猫連れてる刑事さんよ」

「ああ！　そうなんだ。ロケじゃなくて、本物の殺人なのね」

「怖いわね……」

マリエのマネージャーがワゴン車を運転して来た。

「百合さん、乗って」

「いつも悪いわ」

「大丈夫。近いんだもの」

百合と一緒のときは、この車でアパートまで送ってくれているのだ。

「乗って下さい」

マリエのマネージャーは内野《うちの》という男性で、三十そこそこ。

百合のおかげで、ドラマの収録にマリエもやる気を出していて、内野もありがたがっている。

後片付けをするスタッフを後に、マリエと百合は車で広い通りへと向った。

「――何かあったのか」

と、内野が言った。

「百合さん、さっきの車だ」

片山刑事の車がパトカーと一緒に停っていた。

「ここが現場？　こんなに近かったのね」

と、百合は言った。

そのとき、百合のケータイが鳴って、

「——はい。——ええ、今、マリエちゃんの車」

ADの久野からだ。もちろん、今夜のロケにも参加していたが、個人的に話をする余裕はなかったのだ。

「ええ、そうね。——明日はお休み？」

特に「お付合」と呼べるほどの付合ではないが、たまにお茶を飲んだりはしている。

百合がケータイで話し込んでいるのを、マリエはチラッと見てから、車の窓から表を見た。

警官が車に道の端を通るように合図する。

マリエは窓から覗いてみた。

あの片山って刑事が立っていた。他にも二、三人の刑事が歩き回っている。

そして——片山のすぐ前の路上に、白い布で覆われたものが……。

女の子が殺された、ということだった。

あれが死体かしら？

車がゆっくり進んでいるので、マリエはじっと目をこらした。

そのとき、風が吹いて来たのか、白い布がフワリとめくれて外れた。

そして——マリエは間違いなく見た。倒れている少女の姿。それが、さっき父、水科と一緒にいた女の子だったのだ。

息を呑《の》んだ。

まさか！　でも、確かにお父さんが一緒だった。

そしてこんなに近い所で……。

どういうこと？

「——じゃ、明日またね」

百合が通話を切る。

車はもう、現場を通り過ぎていた。

「——何か見えた？」

と訊かれて、マリエは、

「あの……何も見えなかった」

と、マリエは言った。

「そう。でも、いやね、殺人なんて」

「うん……」

マリエは、ゆっくりと座席の背にもたれて目を閉じた。

動揺していた。――まさかとは思うが、お父さんがやったのでは……。

「眠いの？」

「うん、少し」

「眠っていいわよ。起こしてあげる」

「うん……」

マリエは、眠ったふりをして、話をしないですむようにしていた。

お父さん……。あの女の子と、何があったの？

車がスピードを上げて、夜の町を駆け抜けて行く……。


いつの間にか、百合の方がウトウトしている。

マリエはそっとケータイを取り出すと、ついさっき交換した父のアドレスへ、

〈お父さん、今どこ？〉

と、メールを送った。

少しして、返信があった。

〈マリへ。今、帰りの電車だよ。さっきはびっくりした。しかし、なかなか会う時間はないだろうな。用があればいつでもメールしてくれ。お父さんより〉

ごく当り前のメールだ。

さっきの子が殺されたことなど、全く知らないのだろう。

そう。きっとそうだ。いくら何でも……。

でも、お父さんはあんな所であの子と別れたのだろうか？

そして、誰かがあの子を殺した？

マリエは強く頭を振った。――忘れよう。何もかも、忘れてしまおう。

「どうかした？」

百合がマリエを見ていた。

「ううん、何でもない」

マリエは笑顔を作って、「もっと百合さんと一緒の場面があるといいな」

と言った。


「せっかく通報してあげたのに」

と、その女子高校生はすっかりむくれていた。

「そう怒ることはないじゃないか」

と、困っているのは、片山だった。

「だって、家へ知らせるなんて言って、脅すんだもん」

「別に脅しちゃいないよ」

と、片山は言った。「君を一人で帰しちゃ危いだろ？　だから言ってるんだ」

「こんな所で遊んでたなんて分ったら、私、家で袋叩き」

「しかしね……」

と、片山は言いかけて、「――分った。じゃ、お家には言わない。その代り、君も話を聞かせてくれるね？」

「うん」

と、女子高校生は肯いて、「約束だよ。嘘つかない？」

「つかないよ。その代り、帰りは君をこの刑事がお家の前まで送って行く。石津、頼むぞ」

「分りました」

「でも、それじゃ――」

「大丈夫。君が家に入るのを確かめて、石津は引き上げる」

「私、一人で帰れるよ」

その子は、松下唯《まつしたゆい》と言った。有田文江が殺されているのを知らせて来た子だ。

「殺された子だって、そう思ってたさ」

と、片山は言った。「それに、万に一つ、犯人がこの近くにいて、君が証言するのを見ていたら？　君が帰りにまた殺されるなんてことになってほしくないからね」

片山の言葉は、さすがに松下唯を動かした。

「——分った。送ってもらう」

と、布で覆われた死体を見ながら肯いた。

「ありがとう、聞き分けてくれて」

松下唯はふしぎそうに片山を見ると、

「どうして？」

「——何が？」

「普通、大人って説教するんじゃない？　親に嘘ついて、こんな所へ来たりしちゃいけない、って。特にお巡りさんなら」

「まあね」

「どうして言わないの？」

「言わなくても、君は分ってるからさ」

と、片山は言った。「やっちゃいけない、と分ってても、大人だってやってしまうことはよくある。でも、君はきっと、もうここへ来ないだろう。そう思ったんだ」

唯はしばらく黙って片山を見ていたが、やがて両の目から大粒の涙がポロッと溢《あふ》れ出て来た。

「おい、泣かないでくれ。何か悪いこと、言ったかい？」

「そうじゃない」

唯は手の甲で涙を拭うと、「嬉しかったの。今まで、そんなこと言ってくれた人、いなかったんだもん」

「そうか」

片山は微笑んで、「君はいくつ？」

「十七」

「じゃあ、これから何でもできるな」

「何でも？」

「だって、八十まで生きるとして、あと六十三年もあるんだぜ」

「六十三年……」

「だから、途中で殺されるようなことにならないでくれよね」

「うん。――私、長生きする」

「そうだ」

唯は、死体の方へ目をやって、

「この子だって、六十年以上、あったのに」

「そうだな。――名前、知ってる？」

「〈文江〉とだけ。十八とか言ってたけど、きっともっと若い。十四、五じゃないかな」

と、唯は言った。「話を聞いてると、高校じゃなくて中学の話だった」

「よくこの辺に？」

「うん。でも、週に一、二回。他の子みたいに毎晩フラフラしてるって感じじゃなかった。頭、良さそうだったもん」

「特に親しくしてた子は？」

「女の子の中じゃ浮いてた。私が一番よく話してたくらい」

「すると……」

「でも、男がいたよ」

「男？　どんな？」

「中年のサラリーマン。父親ぐらいの年齢だった」

「というと四十……」

「そうね。四十過ぎかな」

「今夜は見かけた？」

「うん。チラッとだけど。たぶん同じ人だと思う。後ろ姿だったから……」

と、唯は言った。

「どこで見かけた？」

「向うの方」

と、唯が指さしたのは、さっきTVのロケをしていた方角だった。

「何かロケしてた辺り？」

「そうそう。――安東マリエが来てたんだってね」

「会ったよ。ここへ来る途中で」

「へえ。サインでももらったの？」

「そうじゃないよ。一緒にいた女優さんを知ってたんだ」

と、片山は言って、「その男を見かけたのはどの辺だったか、教えてくれる？」

「一緒に行く？　十分くらいよ」

「案内してくれ」

片山は、唯と一緒に夜道を辿って行った。

「――見かけたのはね、この先。ロケの仕度が始まってた」

と、唯が言った。

「文江って子と一緒だったの？」

「まだそのときは一人だった」

――片山たちは、ロケのあった場所を通り抜けて、少し行くと、

「ここだと思う」

と、唯は足を止めた。

「そうか……」

今はほとんど人のいない辺りである。

片山は道の端に、何か四角いものが落ちているのに気付いて、拾い上げた。

「それって——」

「シナリオだ。たぶん今日ロケしてたやつのじゃないかな」

片山はパラパラとめくった。「ああ、主役は安東マリエ、って出てるよ」

「じゃ、それだ。見せて」

と、唯が楽しげに手にして眺める。

そこへ、車が一台やって来ると、片山たちのそばで停って、

「失礼。——それ、シナリオですか？」

と、男が顔を出した。

「ええ」

「良かった！　落としたらしくて、困ってたんです」

と、車から降りて来ると、「裏に名前、入ってませんか？　久野といいます」

「あ、書いてある」

と、唯が言った。

「じゃ、僕のだ。助かった！　色んな指示が書き込んであるんでね」

「久野さん？　ＡＤの？」

と、片山は言った。

「ええ、そうですが……」

「副田百合さんから、名前は聞いてます」

片山の話を聞いて、

「女の子が殺された？　——じゃ、あのパトカーは、そのせいだったんですね」

「ええ。ロケの途中で、女の子が通りませんでしたか？」

「さあ……。何しろＡＤってのは何でも屋なので、忙しいんです」

「分ります」

片山はシナリオを久野へ渡すと、「今夜のスタッフは、そのまま同じ仕事を？」

「ほとんどはそうです」

「話を聞かせて下さい。誰かが、殺された女の子と一緒にいた中年の男を見ているかもしれない」

「分りました。——明日は別の場所のロケですから、そちらに」

「時間と場所を教えてもらえますか？」

「明日の朝にならないとはっきりしないんです。ご連絡しますよ」

「よろしく」

片山が名刺を渡した。

「では」

久野が車で立ち去ると、片山は唯の方を向いて、

「TVの人は大変だね。夜も昼もない」

「見たとこ華やかだけど、私、いやだな」

と、唯は肩をすくめた。

「確かにね」

片山は周囲を見回して、「その男を見たって人は、この辺にはいそうにないね」

「でも、何度かこの辺に来てるから、見てる子は何人かいると思うよ」

「そうか。――じゃ、まず君から、どんな男だったか、話してくれ」

「うーん……。普通」

「それじゃ分らない」

「そうだけど、そうしか言えないな。特別いい男でもないし、ひどくもない。格別背も高くないし、低くもない。そこそこ太ってて、そこそこやせてて……」

唯の言いたいことはよく分る。中年のサラリーマンなど、この年代の子からは誰も同じように見えるものだ。

「じゃ、今夜、よく考えておいてくれるかな。その男の顔を、できるだけはっきり思い出しておいてくれ」

「やってみる」

と肯いて、「で、どうするの？」

「明日、モンタージュ写真を作る。協力してくれる？」

「うん。——私かもしれなかったんだものね、殺されてたの」

「そうだよ」

「片山さん」

「何だい」

「犯人、捕まえてね」

唯は真剣そのものの表情で言った。

5　休演日

「お疲れさま」

と、土方奈緒が幕の下りた舞台で言った。「明日は休演日よ。間違えないでね」

出演者の間にも、ホッとした空気が流れている。連日の舞台で疲れがたまっているのだ。

「本当なら、明日も稽古したいところだがな」

と、土方冬彦は汗をタオルで拭って、「最後の場で、動きがうまくかみ合ってない」

一瞬、みんなが黙る。――何しろ、ここでは土方の言うことが絶対だ。

だが、土方は肩をすくめて、

「俺も明日は思い切り寝たい」

と言って、みんなを安堵させた。

舞台「めぐりくる季節」は今、公演の半ばにさしかかったところである。

「明後日、寝坊するなよ」

と、土方は言った。「こういうときに、ポカッとセリフを忘れるんだ」

「怖いですね」

と、桑野弥生が言った。

「まあ、セリフを忘れるのは、どんなベテランにもつきものだ」

土方は楽屋の方へ戻りながら、弥生へ言った。

「先生」

と、弥生は言った。

「何だ？」

「今日も、片山晴美って子とホームズが見に来てくれてるんですが」

「ありがたいな。よろしく言っといてくれ」

「それが——晴美が先生にお話ししたいことがあるそうで」

「そうか。何かな？」

「私もよく知りません」

「分った。待っててもらってくれ」

「はい」

土方は楽屋へ入って、息をついた。

メイクを落としていると、早々に着替えも済ませた奈緒が入って来た。

「体調は?」

と、奈緒が訊いた。

「心配いらない。絶好調だよ」

と言ってから、「――その後どうしてるんだ? あの戸田って奴とは。会ってるのか?」

「あなた、やめて」

と、奈緒は言った。「あの子だって、舞台で今は一杯よ。私のことなんか、思い出してる暇がない」

「そうだな」

と、土方は笑って、「まあ頑張ってるじゃないか」

「ええ、そうね」

「それに、桑野弥生だ。あれはひょっとすると、とんでもない大物だ」

「私にもそれは分るわ」

そこへ、

「ニャー……」

と、ドア越しに猫の声。

「ホームズさんだったな」

と、土方は言った。「もう少し待ってくれ」

「どうぞごゆっくり」

と、晴美の声がした。

土方は、急ぐでもなく身仕度を整えると、

「お待たせした」

と、ドアを開けた。

そして、目の前の片山晴美、ホームズと、桑野弥生を見たが、すぐ後ろに立つ女性の姿に目をとめていた。

「百合か」

「先生……」

「話というのは、百合さんとも関係があるんです」

と、晴美は言った。「話を聞いてあげて下さい」

「分った」

土方は意外にアッサリと肯いた。「ともかく出よう」

百合が安堵の表情で頭を下げた。

遅い夕食をとりながら、

「何ですって？」

と、奈緒が言った。「それはどういう意味なの？」

「百合さんにも分らないんです」

と、晴美が言った。「それだけに、土方さんの身を心配して、こうして……」

「先が長くない、か」

と、土方は愉快そうに、「どこからそんな話になったんだ？」

「いやだわ、縁起でもない」

と、奈緒は眉をひそめた。

「そのアイドルは何といったかな」

「安東マリエです」

と、百合が言った。

「話をしてみたい」

「あなた――」

「この間、ドラマでチラッと見た。面白いものを持ってる」

「先生……」

「舞台に出る気はないかな、そのアイドルは」

土方の言葉に、誰もが食事の手を止めてしまった。

「――話してみます」

と、百合は言った。「本人は喜ぶでしょうけど、事務所の方がどう言うか……」

「その子を連れて来い」

と、土方は言った。「そうすれば、百合、お前も〈劇団Z〉に戻してやる」

「はい！」

百合が力強く言って肯いた。

百合が、マリエに「演技指導」することになったてんまつを話すと、

「そんなこと？」

と、奈緒が笑って、「何もお芝居を知らない子が主役をやったりするのね」

「いや、面白い」

と、土方は真顔で、「百合」

「はい」

「成長したな」

土方の言葉に、百合は頰《ほお》を染めた。

「また舞台に出るか」

「はい」

「主役ってわけじゃないぞ」

「もちろん分っています」

「よし。とりあえず、今の舞台のセリフを憶えとけ」

「今の、ですか？」

「もし、誰か出られなくなったら、代りをやってもらうかもしれん。——男の役は無理だがな」

「はい」

と、百合はしっかりと肯いた。

「——そういえば」

と、奈緒が食事を続けて、「安東マリエって子のロケのときに、近くで女の子が殺されたとかって。ＴＶで見たわ」

「ええ。私もマリエちゃんと一緒にいたんです、あのとき」

「兄が担当で」

と、晴美が言った。

「それは面白い縁だ」

と、土方は言った。「犯人は捕まったのかね」

「いえ、まだです」

と、晴美は言った。「女の子の身許を調べるだけでも大変で。今は、二、三日家に帰らない子も、よくいるらしくて」

「家庭がどこかへ消えてしまったのね」

と、奈緒が言った。

「それより、私、マリエちゃんの聞いたことの方が心配です」

「俺がもう長くないってことか？」

と、土方が首を振って、「妙な話だ。人間ドックなんか、ここ十年以上やってもいない。俺の体のことを他人が知ってる？」

「病気ということじゃないっていう可能性は？」

と、晴美が言った。

「うーん……。しかし、〈劇団Z〉をのっとって得をする奴などいないぞ。赤字を抱え込むだけだ」

「でも何かあるんですよ、きっと」

と、晴美は言った。「用心して下さい。ご自分でも分らない内に恨《うら》みを買うことだってあります」

「私は、マリエちゃんの聞いたのが誰の声だったのか、TV局の人に当ってみます」

と、百合は言った。「他にもそういう話を耳にした人がいるかもしれません」

「百合さん、役者もいいけど、探偵にも向いてそう」

と、晴美が言って笑った。

「まあ……」

朱子がＴＶを見て、愕然とした。「あなた！　見て」

「どうした？」

水科拓郎は夕刊から目を離さずに言った。

「ほら、ＴＶ見て！　あの子よ。文江ちゃんだわ！」

顔を上げて、

「誰だって？」

「ほら、有田文江ちゃん。——何てことでしょ！」

ＴＶのニュースは、数日前に殺された少女の身許がやっと分ったと報じていた。

「——ただいま」

亜矢が帰って、居間へ入って来ると、

「あ、やってるんだ」

と、ニュースの画面へ目をやる。

「亜矢……。知ってたの？」

「帰り際に、職員室が大騒ぎになってて」

と、亜矢が言った。「休んでるから、どうしたのかな、と思ってたけど」

「何てことでしょ……。可哀そうに」

亜矢は黙って鞄を置くと、TVにじっと見入っていた。

「十七、八って言ってたけど……」

と、殺された場所の近くにいた少女が話している。

「――怖いわね」

と、朱子は言った。「亜矢、あんたはそんな所に行っちゃだめよ」

亜矢は何も答えず、鞄をつかむと居間を出て、二階へ上って行った。

「――何も言うな」

と、水科は言った。「ショックを受けてるんだ」

「そりゃそうだけど――」

「そっとしといてやれ」

水科は固い表情で、TVが他のニュースに変ると、夕刊へ目を戻した。

「あ、電話だわ」

朱子のケータイが鳴った。「きっと今のことね」

タイミングからして当然そうだろう。

朱子が急いでケータイを取ると、

「――もしもし。――ええ、今ニュースを見て、びっくりしたところ！　――ねえ、まさかこんなこと……」

話しながら、奥へ入って行く。

水科は夕刊を閉じた。

しばらくして、気が付くと亜矢が居間の入口に立っていた。着替えていたが、目が赤くなっている。

「大丈夫か」

と、水科は言った。

「うん。――友だちから電話があって、話してる内に少し泣いちゃった」

「そうか」

「ママは？」

「電話だ」

「そうか。――当分かかるかな。お腹空いたんだけど」

水科は黙って立ち上ると、亜矢の肩を軽く抱いた。

「――大変ね」

と、朱子が居間へ戻って来る。

「亜矢が、お腹空いたとさ」

「ああ、そうだったわね」

朱子はやっと思い出したように、「すぐだから。温めるだけ。——亜矢、手伝ってくれる？」

「うん」

「お茶碗とかお皿、出して」

「分った」

亜矢がテーブルに食器を並べていると、

「俺も何か手伝おうか」

と、水科がやって来た。

「パパ、珍しいこと言ってる」

と、亜矢が笑った。

「いいわよ。却《かえ》ってお皿でも割られたら」

「おい……。ん？　電話か」

居間の電話が鳴っていた。ケータイ以外にかかって来るのは珍しい。

「俺が出る。間違いかな」

——亜矢は朱子を見て、

「パパ、気をつかってるんだね」

「心配なのよ、亜矢のことが」

「そうかな。私、大丈夫だよ」

「ええ、そうね。大きめのお皿、ちょうだい。——そう、それ」

料理を出したところへ、水科が戻って来た。

「間違い電話?」

と、朱子が訊く。

「いや、学校からだ」

「学校?」

「学年主任とか言ってた。男の——」

「桐生《きりゅう》先生?」

「ああ、桐生っていうのか。よく聞き取れなかった」

「先生が何だって?」

と、朱子が言った。

「うん。警察が、亡くなった有田文江と親しかった子、何人かと話したいそうだ。お前も小学校から一緒だったから、話を聞かせてくれと……」

「そう。——分った。でも、中学に入ってからはそんなに仲良くなかったけど」

「そうよね。小学校から一緒だった子なんて他にも大勢いるわ」

と、朱子は不服そうだった。

「それならそう言えばいいさ。何も知らない、って な。だからって、どうってことはない」

「でも……」

「ちゃんと話しするから、大丈夫だよ」

と、亜矢は言った。「お茶、いれて、ママ」

「ああ……。忘れてたわ」

朱子はお茶を注いで、「亜矢。余計なこと言わなくていいのよ。訊かれたことにだけ答えれば」

「おい、しつこいぞ」

「だって……。悪いこともしてないのに、警察の人に……」

「そう言うな。犯人を捕まえるためなんだ。協力できることがあれば、すればいい」

夫の言葉に、朱子はふくれっつらをして黙ってしまった。

亜矢はそんな母親のことなど全く気付かない様子で、食べ始めていた。

「マリエは忙しいんです」

と、マネージャーの内野は迷惑そうに言った。「何か見てれば、僕に話してますよ」

「しかし、一応直接本人と話したいんですがね」

と、片山は言った。

「何しろ、毎晩、遅くまで働いて、疲れてるんです。休めるときに休ませてあげないと——」

と、内野が言いかけると、

「どうしたの？」

控室のドアが開いて、安東マリエが顔を出した。

「ああ、起きちゃったのか」

「眠ってないよ。メールしてた」

「この——刑事さんが話を聞きたいって」

「忙しいのに悪いけどね」

「はい。大丈夫です。中にどうぞ」

「マリエ、大丈夫か？」

「私、もう十八よ。子供じゃないわ」

片山と石津を控室の中へ入れると、マリエは、「すみません。私のこと、少しでも休ませろって、事務所の社長さんに言われてるもんだから」

「いや、毎晩大変だね」

と、片山は椅子を引いて座ると「中学生の女の子が殺された事件、知ってるね」

「ええ。この間のロケの近くですよね」

「うん。殺された有田文江って子は、時間的にみて、ロケの最中にあそこを通り抜けたんじゃないかと思うんだ」

「それで、スタッフの人たちに話を聞いてるんですね」

「そうなんだ。でも、みんな忙しくて憶えてない、と……」

「そうですね。何しろ毎日夜中までの収録が続いてるんで、みんなボーッとしてて、他の人のこと、気にしてられないんですよ」

と、マリエは言った。「それに、何かあっても、それが昨日のことだったか、一昨日のことだったか、憶えてられないんです」

「確かに」

と、片山は肯いた。「スタッフの中の何人かがそう言ってたよ」

「そうですか」

「じゃ、君も特に誰か、ロケのスタッフ以外の人は見なかったんだね？」

マリエはしっかりと、

「見ていません」

と答えた。「準備の間、たいてい私、シナリオ読んでるので……」

「ああ、なるほど」

片山は肯いた。「じゃあ——ありがとう。忙しいのに」

「いいえ」

片山は立ち上って、控室を出ようとしたが、

「そうだ。君と一緒にいた、副田百合さんって、今日ここには？」

「百合さんですか？　今日は出番がないので」

「そうか。彼女にも話を聞きたいな」

「でも——百合さん、ほとんど私と一緒にいましたから」

と、マリエは言った。「たぶん誰も見てないと思います」

「ありがとう。——それじゃ、頑張って」

「どうも」

——片山たちは控室を出た。

マネージャーの内野は誰かとケータイで話していて、片山たちに気付かない様子だった。

「なかなか手がかりが見付かりませんね」

と、石津が言った。

「そうだな。まあ、楽な事件なんてないさ」

と、片山は言った。「そういえば、昼飯、食べてなかったな」

「片山さんがそう言うのを待ってました！」

石津は感激の面持ち。

「自分で言えばいいだろ」

と、片山は苦笑した。

二人はＴＶスタジオを出ると、近くのソバ屋に入った。

石津は丼ものを二つ（！）注文、片山はソバにした。

片山のケータイが鳴って、

「――もしもし」

「あ、片山さん？　松下唯です」

事件の夜、話を聞いた女子高生だ。

「やあ、どうしたの？」

「何だか……ごめんなさい。私、何も役に立たなくって」

と、唯は言いにくそうに、「ずっと気になってたんだけど」

「中年男」のモンタージュ写真を作ろうとしたのだが、唯の記憶はあまりに漠然としていて、結局作れなかったのだ。

「そんなこと気にしてたのかい？」

「だって……。片山さん、怒ってない？」

「怒りやしないよ。大体、気を付けて見てない人間の顔がどうだった、なんて僕だって話せない」

「ありがとう」

ホッとした様子で、「その後、何か分った？」

「いや、今のところは……」

「そう。——あのね、ちょっと思い出したことがあって」

「何だい？」

「うん……。はっきりした話じゃないんだけど」

「何でも構わないよ。話してみて」

ちょうど温い天ぷらソバが片山の前に置かれた。

「お先に失礼します」

と、石津は一杯目の天丼を凄い勢いで食べ始めた。

「今、どこなの？」

と、片山のケータイにかけて来た松下唯が訊いた。

「昼飯を食べてるとこさ」

と、片山が言った。

「ごめん！　かけ直すね」

「いや、いいんだ」

と、片山はあわてて、「大丈夫。話を聞くよ」

「うん……。あの殺された文江って子」

と、唯は言った。「いつか、ちょっと立ち話したときにね、言ってたの。『私、タレントになりたいんだ』って」

「タレント？」

「そう。あの子、可愛かったでしょ。それに何となくパッと目立つ子だったから、私、『文江ちゃんならなれるかもね』って言ったの憶えてる」

「なるほど」

片山も、確かに有田文江の写真などを見せてもらって、可愛い子だと思った。「――ありがとう。いいことを聞かせてもらった」

「それだけじゃないよ」

「というと？」

「あの子、誰だかTV局の人から声かけられたって言ってた」

「TV局の人？」

「何でも、偉い人だって。――プロデューサーだって言ってたわ」

「TV局のプロデューサーか……」

「本当かどうか分んないけどね」

「いや、ありそうなことだね」

「片山さんもそう思う?」

と、唯は嬉しそうに言った。

「君の印象はどうだった? 作り話みたいに聞こえたかい?」

「うーん……。でも、本当みたいだった。何だか、とっても嬉しそうにしてて。いつもは——って言っても、そう何回も話したわけじゃないけど、あの子、自分のことをペラペラしゃべらなかったの。でも、あのときは珍しく、こっちが何も訊かないのに、『ね、聞いて』っておしゃべりして……。黙ってられなかった、って感じ」

「よく分るよ。そのプロデューサーについて、何か他に話さなかった? どこの事務所だとか、どんな人だとか……」

「考えてんだけど、私も半分適当に聞いてるから……。何か言ってたような気もするんだけど……」

「分った。いや、何かの拍子にフッと思い出すことがあるだろ。そしたら、夜中でもいいから、このケータイにかけて」

「うん、分った!」

と、唯は明るく言った。「片山さんには何でも話せる気がするんだ」

「そうかい？」

「私、片山さんの彼女にしてもらおうかな」

「ちょっと。——ご両親が聞いたら大変だよ。僕は君のお父さんに殴《なぐ》られたくないからね」

「ハハ、冗談よ！　でも、一度ゆっくり話したいな。それもだめ？」

「まあ……こっちも妹同伴ならね。君もお友だちでも連れておいで。ランチぐらいならおごるよ」

「やった！　約束よ！」

唯の弾むような声は、片山の疲れをいやしてくれた……。

「やれやれ」

唯との通話を切って、片山は、「さて、食べるか」

と、割りばしをパキッと割ったが、見れば石津は早くも二つめの丼に取りかかっていたのだった……。

6　憧れ

「ご苦労さん」

と、学年主任の桐生が言った。「気を付けて帰るんだよ」

「はい」

水科亜矢は一礼して、「失礼します」

他の二人の子も一緒に帰ることになった。

——S女学園の放課後。

亜矢たち三人の生徒は、殺された有田文江のことについて、警察の人から訊かれたのだった。

しかし、特別捜査の役に立つような話は出ず、三人は呆気《あっけ》ないほどアッサリと解放された。

「——あ、君たち」

と、桐生が呼び止めると、「もしかしたら、週刊誌やTVの人間が話を聞かせてくれ、と寄って来るかもしれんが、何も話すんじゃないよ」

「はい、分りました」

三人は素直に言って、そのまま校舎を出た。

「――何回も聞いたよね」

と、出てから一人が言った。

「取材に答えるな、って？　少なくとも――五回は聞いてるね」

「私立は評判第一だからね」

と、亜矢は言った。「文江ちゃんが、あんな所で殺されたってだけで、先生たちショックなんだよ」

「しっ、亜矢」

と、一人が亜矢をつついた。

「あ……」

亜矢は足を止めた。

校門から入って来たのは、有田文江の両親だった。

目を伏せがちにして、せかせかとやって来ると、三人とすれ違おうとしたが――。

「亜矢ちゃん？」

と、母親の方が足を止め、「水科亜矢ちゃんでしょ」

「はい」

と、亜矢は言った。「あの……大変でしたね」

「ありがとう。あの子も、あなたのようないい子と仲良くしてれば……」

と、母親はちょっと口ごもって、「――そういえば、最近よく亜矢ちゃんの話をしてたのよ」

「文江ちゃんがですか」

「ええ。亜矢ちゃんはすてきなパパがいて羨《うらや》ましいって。――あなたのパパが憧《あこが》れだったみたい」

「そう……ですか」

亜矢も、何と言っていいか分らなかった。

「最近、あなたのパパに会ったみたいよ、あの子」

母親の言葉は、亜矢にとって意外だった。

「文江ちゃんが、うちの父とですか」

「ええ。何もおっしゃってなかった？」

「あ……。最近、父とあんまり話してないんです。仕事が忙しそうで」

「そうよね。女の子は父親と話したがらないのかしら……」

「おい」

と、夫につつかれて、

「ええ。——それじゃね」

「失礼します」

と、亜矢は言った。
二、三歩行きかけて、母親は振り向くと、
「あの——できれば、あの子のお葬式に来てくれる？」

「はい、もちろん」

と、亜矢はすぐに答えた。

「ありがとう。あの子もきっと……」

と言いかけて、「できれば、あなたのパパにも来ていただけると、あの子、喜ぶと思うわ」

亜矢には、どう答えていいか分らなかった。

「父にそう伝えます」

と、ともかく言った。

「よろしく。じゃあ……」

校舎の方へ、文江の両親は足早に歩いて行ったが、父親は母親がついて来ているか見ようとせず、どんどん行ってしまう。

「——亜矢、ずいぶん仲良かったんだね」

と、友だちが言った。

「ああ、小学生のころはね。家に何度か遊びに来てた」

「亜矢のパパに憧れてたのか。文江があんな所に行ってたのも、年上の男が好きだったからかも」

「分んないよ、そんなこと」

と、亜矢は肩をすくめて、「帰ろう」

急いで校門を出ると、目の前に車が寄せて来て停った。

「ママ！　迎えに来たの？」

と、亜矢はびっくりして言った。

「近くに来たから、もしかして、まだいるかなと思って」

と、朱子は言った。「帰りましょう」

「うん。——それじゃ」

他の二人に手を振って、亜矢は助手席に乗った。

車を出すと、

「何か甘いものでも食べて行く？」

と、朱子は訊いた。

「いいよ。——どこで？」

「隣の駅の駅ビルに色々あるでしょ」

亜矢は、母がついでに学校へ来たのでないと分っていた。何時に出るか分らないのに、偶然出会うわけがない。

おそらく、母は校門の見える場所に車を停めて、ずっと待っていたのだ。

でも、なぜ？


「洒落たお店ね」

と、朱子は真新しいティールームに入って、席に落ちつくと、明るい店内を見回した。

「亜矢、よく来るの？」

「たまにね。評判いいんだ、ここ」

と、亜矢は言った。

「何がおいしいの？」

と、朱子が可愛いメニューを眺めて言った。

「うーん……。クレープ、かな。一番人気。それと、パフェも」

「パフェはちょっと寒いわね。じゃ、クレープにするわ」

亜矢と二人で、違う種類のクレープを注文した。

「——どんな話だった？」

と、水を一口飲んで、朱子は言った。

「話？」

「学校でよ。警察の人が来たんでしょ」

「ああ……。別に話は……。ただ、文江ちゃんのことで、何か知らないか訊かれただけ」

「何か話したの？」

「だって知らないもの。あの子、あんまり仲良くしてる子っていなかったし」

「そう。そうよね」

と、朱子は肯いて、「それでいいのよ。思い当ることがないんだから。——早く犯人を捕まえてくれないと、こっちも迷惑するわね」

「ね、ママ」

「何？」

「さっき、校門の近くで、文江ちゃんの両親と会った」

朱子は、ちょっと目を見開いて、

「じゃ、あのとき入ってったのが？　気が付かなかったわ」

朱子は、「偶然通りかかった」わけではないと認めたのだが、当人もそんなことに気付いていない。

「文江ちゃんのお母さんに声かけられた」

「それって——みんなに、でしょ」

「ううん、私だけ。憶えてたみたい」

「そう。——何か言ってた？」

「あの……お葬式に来てって」

「そうね。それは行かないと。いつなのかしら？　いいわ、訊いてみる」

と、朱子は少し早口になって、「他にも何か？」

「うん……。パパのこと」

「パパのこと？　それって、どういう意味？」

「よく分んないけど、文江ちゃん、うちのパパに憧れてたんだって。よく言ってたって」

「まあ、そんなこと……。だって、パパも文江ちゃんとはずっと会ってないんだから」

「でも、最近会ったみたいだって」

朱子は、亜矢の言葉に、一瞬表情を固くしたが、

「そう言ったの？　お母さんの勘違いなんじゃない？」

「知らないけど……」

亜矢は、直感的にこれ以上は言わない方がいいと思った。

何となく二人は気まずく黙っていたが、そこへ注文したクレープが来て、どちらもホッとした様子で食べ始めた。

「――本当においしいわ」

と、朱子が言った。

「でしょ？　これを三つも食べる子もいるよ」

「まあ、よっぽど甘党なのね」

と、朱子は笑った。

亜矢は少し気が楽になった。

クレープを食べた後、朱子はコーヒーを頼んで化粧室に立った。

亜矢のケータイにメールが来た。

父からだ。

〈警察の人との話、どうだった？　早く犯人が捕まるといいな〉

パパがどうしてこんなメールを？

いつもの父親がやりそうもないことなので、亜矢は気になった。

返信して、

〈学校出るときに、文江ちゃんのご両親に会った。文江ちゃんのお葬式に、パパにも出

てほしいって言われたけど〉

　と、送ると、またすぐ父から、

〈出られるかどうか、仕事次第だな。いつなのか、分ったら知らせてくれ〉

　と、返って来た。

　亜矢は、さらに、

〈最近文江ちゃんに会ったの？　文江ちゃんのお母さんがそう言ってたけど〉

　と、メールを打ったが、送信をためらった。

　そして、結局送信せずに消去してしまった。

　でも――きっとそうなんだ。

　文江ちゃんが母親にそんなでたらめを言う理由がない。きっと本当にパパは文江ちゃんと会ったのだ。

　なぜそれを隠そうとしているんだろう？

　ママも、そのことは分っているんじゃないだろうか。それで苛々しているのか？

　分らない。――文江ちゃん、何があったの？

　亜矢は漠然とした不安が立ちこめるのを感じていた……。


「順調だな」

と、車を運転しながら、マネージャーの内野が言った。「社長も喜んでたぞ」

「そう？　嬉しいわ」

と、安東マリエは欠伸《あくび》が出そうになるのを何とかこらえて言った。「でも、それって百合さんのおかげよ」

「ああ、社長もそれは分ってるさ。このドラマが終ったら、うちの事務所に入らないか、って誘ってみるらしい」

「そう……」

でも、きっと百合さんはうちの事務所には来ないわよ、と言おうとしてやめた。

内野にしてみれば、「うちの事務所」こそが最高の存在で、入るのを断る人間がいるなんてことは、考えもしないのだ。

でも、百合さんは……。マリエは、百合から「一度舞台に出てみない？」と誘われていた。むろん、内野にも言っていない。

特に〈劇団Z〉なんて、せいぜい二、三百人の劇場で公演するだけ。社長など、

「とんでもない！」

と、一蹴《いっしゅう》するだろう。

でも、結局断るにしても、百合からそう言われたことは嬉しかった。同時に、百合もやはり「舞台の人」なのだということも分った……。

「——部屋まで送るか？」

マンションの前に車をつけて、内野が訊いた。

「大丈夫よ。そんなに荷物ないし」

それに、ドラマの収録も順調に進んで、今夜はまだ十一時になったばかりだ。

「そうか？　じゃ、明日、朝九時だからね」

「分った」

マリエはバッグを肩に、車を降りた。「おやすみなさい」

「お疲れさん」

車がたちまち見えなくなる。——マリエは、内野に最近恋人ができたらしいと感じていた。だから、急いで帰るようになった。

内野ももう三十だ。恋人ぐらいいてもおかしくない。

マリエはマンションのロビーに入ると、ポストの郵便を見てからオートロックを開け、中へ入ろうとして——。

正面にタクシーが停り、聞き憶えのある笑い声がした。

「——お母さん？」

振り向くと、タクシーから降りて来た母、絹子が、中に乗った男とふざけ合って笑っている。酔ってるんだ、お母さん。

中の男がチラッと見えた。——見たことがある。

太って、脂《あぶら》ぎった感じの——何とかいったTV局のプロデューサーだ。

娘のマネジメントをしている絹子は、TV局の人間と付合いもあるし、飲んで帰ることも多いが、仕事上のお付合というより、そういう世界が好きなのだ。マリエにも、分っていた。

「また今度ね！」

と、母が手を振って、

「週末だぜ！」

と、男が答えるのが聞こえた。

男を乗せたタクシーが走って行くと、絹子は見送って、大げさに手を振っていた。

そして、ハンドバッグを振り回しながらロビーへ入って来ると、

「あら、マリエ。もう帰ってたの？」

「今着いたとこ」

「そう！　早いわね。ゆっくり寝られていいわ。——内野さんは？　ちゃんと部屋まで送って来てくれないの？」

「子供じゃないよ。こんなバッグ一つだし」

「でも、マネージャーなんだから……。ま、いいわ」

「お酒くさいよ」

「仕方ないでしょ。仕事、仕事」

二人はエレベーターに乗った。

「あの人、どこかのTV局の人でしょ」

と、マリエは言った。

「見てた？　Kテレビの古村さんよ」

「ああ。そんな名前だったね」

「Kテレビじゃ実力者なの。付合っといて損はないわ。マリエのためよ」

自分が楽しいんでしょ、と言おうとしてやめた。──母、絹子も四十歳。男と付合ってもいいが、相手は選んでほしいものだ。

それに、「マリエのため」を口実にされるのがいやだった。絹子は、家でも本名のマリでなく、芸名のマリエと呼んでいる。

「芸名に慣れないとね」

と、いつも言っていた。「あんたはスターなんだから」

──マンションに入ると、

「あんたはお腹、空いてないの？」

と、絹子は訊いた。

「うん。ロケ先でカレー食べた」

「カレーが好きね、あんた」

と、絹子は苦笑して、「お父さんに似たのかしらね、そこだけは」

マリエは自分の部屋に行きかけていたが、ふと足を止めると、

「お父さんに会ったよ」

と言った。

「――え？」

絹子はポカンとしていたが、「今、お父さんと……」

「会ったの、この間。ロケ先で偶然に」

「まあ……」

「元気そうだったよ、お父さん」

「そう」

絹子は肯いて、「何か言ってた？」

「お母さん、どうしてるか、って訊いてた。会ったことはお母さんに言わない方がいいとも言ってた」

「そんなことがあったの……。でも、マリエ、お父さんはもう別の家族のいる、『よそのお父さん』なのよ」

「分ってるよ。でも、口もきいちゃいけないってわけじゃないでしょう」

「連絡取ってるの？」

「別に。心配しないで」

「心配はしないけど……」

「お風呂に入るね！」

マリエはそう言って、自分の部屋へ入って行った。そしてドアを閉めると、

「どうして言っちゃったんだろう……」

と、呟きながら、姿見の中の自分を眺めた。

そう。――きっと、お母さんが、あんな古村みたいな男と付合っているのがいやで、ちょっとショックを与えてやりたかったのだ。

たぶん、お母さん、いっぺんに酔いが覚めただろうな。

マリエは、そう思うと愉快だった。

「お風呂だ！」

マリエはバスルームへ行って、バスタブにお湯を入れながら、鼻歌を歌っていた……。

7 映像

〈冷凍してあるシチューをチンして食べてね。お土産《みやげ》買って帰るから〉

母からのメールを読んで、

「またか……」

と呟いて、松下唯はそれでも、「一人の方が気楽でいいや」

負け惜しみ、というものだろうか。

慣れた手つきで、冷凍庫からパックされたシチューを取り出し、電子レンジへ。

お茶を飲みながら、TVを点《つ》ける。

――一人っ子の唯は、父が単身赴任で大阪、母は連日どこかへ出かけている、というわけで、一人でいることに慣れている。

夕ご飯もたいてい一人。

「あ……」

TVはニュースになっていた。いつもならバラエティ番組にするのだが――。

「文江ちゃんだ……」

ちょうど、ニュースは殺された有田文江の告別式をやっていたのだ。

本当なら、こんな気の滅入るような画面は見ていたくないが、やはり自分の身近で起きたことでもあり、見なくてはいけない気がした。

有田文江の、あれが両親だろうか。

文江の学校の友人たちが大勢制服でやって来ている。

「やっぱり中学生だったんだ」

と、唯は呟いた。

「警察は通り魔的犯行ではないかとの見方を強めています……」

と、アナウンサーが言っていた。

泣いている女生徒たち。――唯も、見ている内、フッと目頭が熱くなった。

電子レンジが、解凍を終えてチンと音をたてた。

椅子から立とうとして――。

「え？」

唯の動きが止った。

ＴＶの画面に、女生徒の一人と一緒に立っている黒いスーツの男性が映った。

「あの人……」

ほんの一、二秒のことだった。ニュースはどこかの山の紅葉の話題に変っていた。

しかし、たった今、ＴＶに映った男。あれは、文江と一緒にいた男だ！

唯はケータイをつかむと、片山刑事の番号を選んで発信しようとした。

「でも……」

ちょっとためらった。もし自分の見間違いだったら？

ただ似ているというだけかもしれない。もし「この人です」と証言して、それが間違っていたら、とんでもないことになる。

それに万一正式に証言するとなったら、あの辺に遊びに行っていたことが、両親に知られずにはいないだろう。

唯は迷った。——そう。放っておいても、きっと片山さんたちが、その男を突き止めるだろう。何も私がいちいち言わなくたって……。

唯はケータイを手に、立ちすくんでいた。

「でも、やっぱり……」

片山さんに話そう。片山さんなら、唯の迷いや悩みを分ってくれるだろう。

思い切って、唯は発信ボタンを押した。

「お願い。出て……」

呼出音が鳴る。——早く出て。私、気が変っちゃうかもしれない。

そのとき、玄関から、

「ただいま！」

と、母の声がした。「唯、いるの？」

唯は急いでケータイを切ると、

「うん、ダイニング！」

と、返事をした。

「ごめんね、遅くなって」

と、母が入って来るのと同時に、

「早かったね」

と、唯は言っていた。

「何よ、皮肉？」

母、松下里奈《りな》は苦笑して、「もう食べたの？」

「まだ。──電子レンジの中に」

「もう温めたの？　じゃ、今、仕度してあげる」

ふっくらとした──と言えば聞こえはいいが、要するに里奈は太っている。娘の唯の目から見ても、この四、五年で、目に見えて太った。

「どうしたの？」

「別に。――何でもない」

「電話してたの？」

「あ……。メール、読んでた」

「そう。じゃ、食べてしまいましょ。お母さんも、中途半端に食べちゃったんで、少しお腹が空いてるの」

「うん……」

と、唯は肯いた。

今は片山にかけられない。――唯は、片山の方からかかって来るかもしれない、と思ってケータイの電源を切った。


「おかしいな」

片山はちょっと首をかしげて、「切れてる」

「どうしたの？」

と、晴美が訊く。

「いや、あの松下唯って子から、ケータイに着信があったんだ。かけてみたら、向うが電源を切ってるらしい」

「たまたまでしょ」

と、晴美は言って、「さ、早く食べて。片付かない」

「ニャー」

「ホームズも早くしろ、って言ってるわ」

「いい加減なこと言うな」

片山は風呂上りだった。唯からの電話は入浴中にかかっていたのだ。

「まあいいや。後でまたかけてみよう」

片山は遅い夕飯の食卓に向った。

二口、三口、食べたところで、片山のケータイが鳴った。

「あの子かな」

片山はあわててお茶を飲んだが、却ってむせてしまって、出るのに手間取ってしまった。

「はい、片山……ゴホッ」

「片山さん、風邪ですか?」

「何だ、石津か」

「片山さんが風邪ひくのはいいですけど、晴美さんにうつさないで下さいよ」

「お前、そんなこと言うために電話して来たのか?」

「違います! 例の通りで聞き込みしてたんですが」

「どうした？」

「あの通りに立ってる女の子に、『タレントにならないか』と声をかけて来た男がいたそうです」

「その男のことは何か分ったのか？」

「TV局のプロデューサーと名のったそうで――。女の子が名刺持ってました」

「本物か？」

「一応、それらしくできてます。ええと……〈Kテレビ・プロデューサー　古村勇作〉とあります」

「古村だって？」

「ええ、〈古い村〉と書いて……」

そうか。〈劇団Z〉の公演のとき古村と会ったが、石津はいなかったのだ。

「その女の子は何か言ってたか？」

「何でも、今夜十二時にTV局のスタジオへ来いと言われてるそうで」

「十二時？　夜中の？」

「ええ。オーディションをやるから、ということで。それで女の子の方は気味が悪いっていうんで、行かないことにしたそうです」

「そうか」

「どうします？」

「当然さ。我々が代りに行こう」

と、片山は言った。「ただ、今晩飯なんだ。食べ終ってから出ても充分間に合う」

「分りました。じゃ、お宅へ迎えに行きます」

「うん。食べたら仕度しておくよ」

片山がそう言うと、石津は、

「では車の中で待機しています」

——片山は少ししてから、

「石津、お前もしかして、もうアパートの前にいるのか？」

「前、と言うか……五、六メートル外れてますが」

「前って言うんだ！　——分った。お前も夕飯を食べるんだな」

「いいえ、別にそういう意味では……」

「いいから上って来い」

「では、伺います！」

と、石津は張り切って言った……。

深夜の生中継の番組もあって、TV局のビルはまだ当然のように人がいた。

「──今、何時だ？」

と、片山が訊く。

「十一時四十五分です」

と、石津は言った。「少し早いですけど」

「いや、TV局ってのは迷路みたいになってるんだ。迷う時間を入れたらちょうどいい」

片山としては、これまでもTV局で迷子になるという経験をしていた。

さすがに受付には人がいなくて、目指すスタジオへは案内の図を頼りに行くしかなかった。

「左へ曲って右？　──あれ？　もう一度右だったかな？」

辿って行く内、二人はわけが分らなくなって、

「──片山さん」

「うん……」

「出ましたね」

「うん、出た」

お化けが出たのではなく、二人は、初めの玄関ロビーへ出ていたのである。

「十二時に間に合いません」

「分ってる！」

二人が息を弾ませて、しかしどっちへ行っていいのか分らずにいると、

「あ、片山さん？」

振り向くと、副田百合がやって来たところだった。

「やあ、良かった！」

片山はホッとして言った。

「どうしたんですか、こんな時間に？」

「第7スタジオへ行きたいんだけど、どう行っていいのか……」

「ああ、迷子になったんですね」

と、百合は笑って、「初めての人はたいてい迷いますよ。ここの社員でも、時々迷子になってますから」

「君、分る？」

「ええ。私の行くスタジオの途中です。じゃご一緒に」

「ありがたい！」

片山と石津は百合と一緒に歩き出した。

「――第7スタジオに何のご用なんですか？」

と、歩きながら百合が訊いた。

「うん。——ちょっと事情を聞きたい人がいてね」

と、片山が言うと、

「古村ってプロデューサーなんですよ」

と、石津が言った。

「古村さん？　どうしてあの人が……」

と、百合が足を止める。

「いや、彼がどうした、ってわけじゃなくて……」

「この間、女子中学生が殺された辺りで、女の子に声をかけてたようでしてね」

と、石津が言った。

「古村さんが……。でも、あの人はそれが仕事ですから」

「それはよく分ってます。ただ、参考までにね」

百合はまた歩き出して、

「土方先生が古村さんをよく思っていないことは分ります。でも、古村さんも、みんなが思っているほど、口先だけの人じゃないんです」

と、淡々と言った。「私の場合は、古村さんの方に多少土方先生へ『お返し』してやろうという気持があったでしょう。でも、それに乗ったのは私ですから。——あのころ、父が病気で入院して、お金が必要だったんです」

「それを古村さんが？」

「ええ。事務所と交渉して、立て替えさせたんです。父は結局亡くなったんですけど、借金は残っていたので、どんな小さな役でもやらなくてはなりませんでした」

「なるほど」

——少し行って、角を折れると、

「そこが第7スタジオです。私は先の第9スタジオに行きますので」

「収録ですか？」

「マリエちゃんのおかげで、ちょくちょく仕事が入るようになりました。——今から朗読の仕事で」

「ご苦労さま。どうもありがとう」

「いいえ。あの事件、犯人は見付かってないんでしょう？」

「残念ながら」

「期待しています。では」

百合は足早に廊下を辿って行った。

「さて、入るか」

片山は石津を促して、第7スタジオへと入って行った。

「遅いぞ！」

と、男の声がした。「初めっから遅刻じゃ、タレントなんかやっていけないぞ」

片山は咳払いして、

「残念ながら、タレントじゃありません」

「――誰だ？」

薄暗いスタジオの奥、居間のセットがあって、そこだけがポカッと明るい。

「古村さんですね」

「あんたは――。ああ、土方の所で会った、刑事さんだな」

「片山です」

「あの桑野弥生の友だちとか……」

「妹が、です」

「あれから何度も連絡してるが、あの子は一向に返事して来ん」

と、古村はため息をついて、「さぞ土方が俺の悪口を言ってるんだろうな。――それで、何の用だね？」

片山が、ここへ来た事情を説明すると、

「やれやれ。今度は人殺しか？　俺がそんなに凶悪犯に見えるかい？」

「凶悪に見える凶悪犯なんて、めったにいませんよ」

「そうだろうな。――すると、あの女の子は来ないんだな？　待つだけむだか」

「しかし、大体、夜中の十二時に女子高生を呼び出すというのは、ちょっと――」

「TVはそういう世界だ。そこで生きていけないなら、初めから断ればいい」

「あの場所には、よく行くんですか？」

と、片山は訊いた。

「今日が初めてだ。あの事件のニュースで見て、何か掘り出し物がないかと思ってね。おっと……」

古村のケータイが鳴った。「もしもし」

「あ……。今日、声かけてもらった……」

女の子の声がケータイのスピーカーから流れる。

「君か。今、代りに刑事が来てる」

「ごめんなさい！　私……迷ったんですけど……」

「いいさ。今の世は、それくらい用心した方がいい」

と、古村は笑って言った。

「あの――今度、昼間に一度会いに行ってもいいですか？」

「ああ、いいとも。心配なら誰か大人に付き添ってもらっておいで」

「ありがとうございます！」

と、少女の声が弾んだ。「私、今度はちゃんと――」

急に言葉が途切れた。

「――何だ。切れたのかな？　もしもし？　聞こえるか？」

と、古村が言った。

すると、

「誰？　何の用？　――やめて！　こっちに来ないで！」

と、少女が震える声で言うのが聞こえて来たのである。

片山は石津と顔を見合せた。

「君！　どうしたんだ？」

片山は古村のケータイに呼びかけた。「何かあったのか？」

「やめて！　――助けて！　誰か！」

悲鳴が上った。そして突然、大きな音と共に切れてしまった。

「――何だ、今のは」

古村が呆然として言った。

「まさか……。石津、今の子のケータイの番号を知らせて、居場所を調べるんだ！」

と、片山は言った。

「はい！」

「声の聞こえ方は外だった。――あの通りへ行ってみよう。石津、連絡をくれ」

「分りました！」

片山はスタジオから飛び出した。

「どうかしたんですか？」

副田百合が立っていた。「向うの仕事が少し遅くなったんで、来てみたら……」

「良かった！　玄関へ連れてってくれ！」

「え？」

「迷子になってる暇はないんだ」

「分りました。こっちです」

百合が先に立って駆け出す。片山はその後をついて行った。

まさか……。まさか、とんでもないことに……。

8　暗い道

「すっかり遅くなっちゃったわね」

と、晴美は言った。「ま、いいか。ホームズも元は夜行性だもんね」

「ニャー」

晴美は、高校時代の友人たちとの「女子会」の帰りだった。

レンタカーを運転して、助手席にはホームズを乗せていた。あまりお酒を飲みたくなかったので、車で行ったのである。

同じメンバーの前の「女子会」で、ずいぶん酔って、帰るのが大変だったことがあったからだ。

「でも、夜中は道が空いてて楽ね」

いつも運転するわけではないので、混雑した道は苦労する。

「この分なら二、三十分で着きそうね」

と、晴美が言って、赤信号で停る。

そこへ、ケータイが鳴った。

「いやだ。——お兄さんから？　もう！」

車を少し動かして端へ寄せると、ケータイを手に取った。

「もしもし？　お兄さん？」

「晴美か。今、どこだ？」

「まだ外よ。帰る途中。車の中よ」

「あの女子中学生が殺された辺り、遠いか？」

「え？　——ああ、そうね。ここからだとすぐだわ。どうして？」

「今、そっちへ向ってる。誰か襲われたらしいんだ。行ってみてくれ」

「分ったわ」

晴美は車を少しバックさせて、脇道へ入った。カーナビを見て、

「確か、ここよね。この間の現場。——うん、近い」

当然、片山はパトカーも手配しているだろう。しかし、一刻も早く着いた方が、犯罪を防げる可能性もある。

晴美は、

「ホームズ。カーナビ、見てて！　違ってたら教えてよ」

「ニャー」

ホームズも緊張して、立ち上ると、首を目一杯伸してカーナビに見入った。

「──え？　どうなってるの？」

晴美は車を停めた。

暗い道で、両側は小さな店が並び、もう閉っている。カーナビでは、そこから真直《まっす》ぐ広い通りへ抜けられることになっているのだが。──目の前は行き止りで、階段で一段高い道へ上るようになっている。

「もう！　いい加減なカーナビね！」

仕方ない。晴美は車を出て、

「ホームズ、行ってみましょ」

「ニャー」

二人は階段を駆け上った。

細い路地の向うに、明るく光が覗いている。

ともかくそれを抜けてみると、ホテルが並ぶ道。──そう。あの有田文江が殺されたのはこの辺りだろう。

晴美は道の真中に立って、周囲を見回した。

「ホームズ、何か気配はある？」

ホームズが姿勢を低くして、じっと集中している様子。

冷たい風が吹き抜けて、晴美は首をすぼめたが——。

ホームズがハッと頭を向ける。——晴美も、一瞬だが、人の声を聞いたような気がした。

「ホームズ、今の……」

ホームズがタッタッと歩き出す。ホテルの明りに背を向けて、道の暗い方へと向っていた。

晴美はホームズの後をついて行った。

すると……また聞こえた。

女の子の声？　言っていることは聞き取れなかったが、その声へと確かに近付いている。

ホームズが足を止めて、

「ニャー！」

と、高くひと声鳴いた。

「誰かいる？」

と、晴美が呼んだ。「いたら返事して」

すると、

「ここ……」

と、かぼそい声が、暗い中から聞こえて来た。

「どこ？　ホームズ、捜して」

ホームズはタタッと駆け出して、ピタリと足を止めた。

その方向は、街灯もなく、ほとんど闇に閉ざされていた。

誰かいる。——晴美は気配を感じた。

見えないが、誰かが立っている。息づかい。そしてかすかな布《きぬ》ずれの音。

そして、足音がダダッと闇を駆け抜けて、遠ざかって行った。

晴美は追おうかと思ったが、

「助けて……」

という声に、足を止め、

「どこなの？」

と、暗がりの中へ踏み入って行った。

「ニャー！」

と、ホームズが鋭く鳴いた。

「何なの？」

晴美は思い出して、ポケットからペンシルライトを出し、点灯した。

「あ……」

ギクリとした。――目の前、ほんの二十センチほどの所で、道が途切れていた。その先は柵もなく、数メートル落ち込んでいるのだった。

「お願い……」

その声は、下から聞こえて来た。

晴美はライトを下へ向け、覗き込んだ。

細い水路の傍に、女の子が倒れていた。

「大丈夫？　今、助けてあげるからね」

と、晴美は呼びかけた。「けがしてる？」

「落ちて足を……」

と、女の子が答えた。「追いかけられて、逃げてたら、ここへ……」

「分ったわ！　今、人が来るから」

晴美はそう言って、ケータイを取り出し、兄へかけた。

「――お兄さん？　女の子を見付けた」

と、晴美は言った。「足をけがしてるけど、無事よ」

「良かった！　どの辺だ？」

「今、ホームズが通りへ出てったわ」

やがて車のライトが道を照らして来た。

「良かった……」

晴美はホッとして呟いた。

「骨折はしていません」

と、医師は言った。「挫《くじ》いただけで。手首も痛めていますが、大したことはないでしょう」

「良かった」

片山はホッと息をついた。「話はできますか？」

「痛み止めで、少しボーッとしていますが、できますよ」

片山は石津へ、

「両親が駆けつけて来るから、ここにいろ」

と言って、病室へ入って行った。

晴美とホームズも一緒で、まずホームズがひと声、

「ニャー」

と鳴いたので、

「あ……。さっきの」

と、ベッドの女の子がホッとした様子で言った。

「痛む？」

　と、晴美が訊いた。

「少し……。でも、殺されなくて良かった」

　少女の名は佐伯《さえき》アヤノといった。十六歳の高校一年生。

「今、ご両親がみえるからね」

　と、片山が言うと、

「叱られちゃう……」

「心配なさってるわよ、叱るより」

　と、晴美は言った。

「それで――君を追いかけて来た男を見たかい？」

「うーん……。暗かったし、怖《こわ》くて……」

「それは分るけどね」

　と、晴美が肯いて、「何か憶えてることはある？　何でもいいの。背が高そうだったとか、太ってそうだったとか……」

「背は……割と高かったと思う」

　と、アヤノは言った。「一瞬だけど、シルエットになって見えたの。ナイフが白く光ってて、私、怖くなって……」

「電話で話してるときだね？」

と、片山が訊く。

「ええ。たぶん……ほっそりした人じゃないかな。印象だけど」

「うん、それでいいんだ」

「でも後は……私、あの暗い道へ駆け込んじゃったんで。明るい方にはあの男がいたし」

「男って分ったのは、何か言ったのね？」

「うん……。あ、今思い出した！『声をたてるな』って小さい声で言った」

「よく逃げたわね。偉かったわ」

と、晴美は、アヤノの、痛めていない方の手をやさしく取った。

「でも、びっくりした。いきなり足下に地面がなくなって、落っこちたんだもの」

「それで助かったのよ」

「うん。——私、体操部にいるんで、とっさに体ひねったんだと思う」

「凄いわね。このお兄さんなんか、絶対に無理よ」

「どうして俺を引き合いに出すんだ」

と、片山がむくれた。

そのとき、ホームズがベッドにフワリと飛び上った。

「あ、可愛い」

　と、アヤノは微笑んで、「あのとき、猫の声がしたの、この猫ね」

「そう。ホームズっていうのよ」

「へえ！　名探偵なんだ」

「ニャー」

　と、ホームズがいささか得意げに言って、片山の方を振り返った。

「うん。そうか」

「どうしたの？」

「いや、今ふっと思ったんだ。アヤノ君があの溝へ落ちたのに、どうして男の方は落ちなかったんだろう？」

「――そうね。あの暗さの中じゃ、アヤノちゃんが落ちたのも見えなかったでしょうね」

　晴美もちょっと考え込んだ。

「――でも良かった」

　と、アヤノが言った。「あんなのが上から落っこちて来たらいやだもん」

「それはそうね」

　と、晴美は微笑んだ。

すると、廊下から、

「あの子はどこです！」

という声が聞こえて来た。

「パパだ」

と、アヤノは眉《まゆ》をひそめて、「オーバーなんだ、私のこととなると」

「アヤノ！　どこだ！」

と、病院中に聞こえそうな声を出して、

「大声を出さないで下さい」

と、看護師に叱られている。「こちらですよ」

「アヤノ！」

と、中年の大分頭の薄くなった男性が駆け込んで来て、「生きてたか！」

「当り前だよ」

と、アヤノは冷ややかに、「ママは？」

「家を出るのに手間取ってるから、置いて来た」

廊下にバタバタと足音がして、

「あなた！」

と、母親が顔を出した。「何よ、私を放っといて一人でタクシーに乗って」

「お前が遅いからだ」

「遅いたって――。十秒も違わないわよ」

「十秒の違いに愛情の深さが現われてる」

「全くもう……」

「ママ。私、大丈夫だから」

と、アヤノは言った。

「夜遊びはだめ、って言ったでしょ」

「うん」

「パパを見なさい。いつも夜遊びしてるとこうなるのよ」

「お前、こんなときに――」

「パパ」

と、アヤノが言った。

「何だ？　パパに頼みたいものでもあるのか？　何でも言ってごらん」

「靴が違う」

「靴？」

「右と左で、別の靴だよ」

「あ……。あわててたんだ」

「もう……」

と、アヤノは言って、「思い出した！」

「——どうしたって？」

「犯人のはいてたの、スニーカーでした。明りが当って、チラッと見えたんです」

「偉いぞ」

と、片山が言った。「どんなスニーカーだったか、憶えてる？」

「たぶん……青だったと思うけど」

「分った。それだけでも手がかりだよ」

「刑事さんですか？」

と、アヤノの父親が言った。

「そうです」

「犯人が娘に顔を見られたと思って、狙《ねら》って来るのでは？　ぜひＳＰをつけて下さい！」

「パパ、真暗だったんだよ」

「分るもんか。ともかく危険がある以上は——」

「それより、私のことスカウトしたいって人がいるの。会いに行っていい？」

「スカート？　スカートに触られたのか」

「スカートじゃなくてスカウト！　タレントにならないかって……」

「何を言ってるの！」

と、母親が怒って、「そういう言葉につられるのが危いのよ」

「でも、ちゃんとしたTV局のプロデューサーで――」

「いかん！」

と、父親が言った。「そういう話はパパと一緒にしろ。お前だけだと不利な契約を押し付けられる」

片山と晴美はふき出しそうになった……。

9　緊急事態

「良くなった」

と、土方冬彦は言った。「今のテンポだ。忘れるな」

「はい」

桑野弥生は汗を拭って、「今日は気持よくやれました」

「それでいい」

拍手が続いている。

「カーテンコールだ」

「はい！」

拍手に応えて袖に戻ってくると、

「あなた」

と、妻の奈緒が言った。「今――」

「どうした？」

「お迎えの車が……」

「お迎えだと？　俺はまだ死なんぞ」

「何言ってるの！　TV局の人が……」

コートをはおったままの男が土方に会釈した。

「あんたか」

土方は、このTV局のプロデューサーに頼まれて、何度かドラマに出ていた。「何だね、一体？」

「公演中、申し訳ありません」

と、その名取《なとり》という男は言った。「突然ですが、ぜひ今夜収録したいドラマが……」

「今夜だって？」

土方は呆れて、「そんな話、聞いとらんぞ」

「ごもっともです！　こちらとしても突然のことで……」

「何だっていうんだ？」

「以前に二度、やっていただいた、〈名探偵・三大寺《さんだいじ》一《はじめ》〉のシリーズなんです」

「ああ。今、あれは別の役者がやってたんじゃないのか？」

「その役者が今アメリカに行っておりまして。それに原作者の先生が、『あの役は土方冬彦だ』とおっしゃっているので」

「しかし突然……」

「お願いします！　今夜収録しないと間に合わないので」

と、名取は頭を下げた。

「いつ放送なんだ」

「明日です」

無茶に慣れている土方も唖然としたが、やがて笑い出してしまった。

「おい、ギャラは考えてもらえるんだろうな！」

「はい！　いつもの三倍では？」

「よし。じゃ、メイクも向うで落とそう。それから——どうだ、名探偵に、可愛い秘書が一人いてもいいだろう」

「は……。はあ。それはもう……」

「おい、弥生！」

呼ばれて、桑野弥生が飛んで来る。

「はい、先生！」

「一緒に来い。TVドラマの収録だ」

「でも——メイクが……」

「そのままでいい！」

「お願いします！」

と、名取が駆け出す。

「あなた……」

奈緒が呆然としている。

「三倍のギャラなら、次の公演がぐっと楽になる」

「でも――」

「心配するな」

――TV局の用意した車で、土方と弥生はスタジオへと向った。

途中、名取が事情を説明した。

「今回、若手のシナリオライターに担当させたんですが、大幅に原作と違ってしまって……。話が変るのはよくあることなんですが、名探偵がいなくなってしまったんです」

「何だって？」

「代りに素人《しろうと》の女性記者が事件を解決するということに……」

「原作者に見せなかったのか」

「むろんシナリオは送りました。何も言って来られなかったので、そのまま撮ったんですが、今日になって初めて読まれたらしく、カンカンになって……」

「凄い世界ですね」

と、弥生が言った。

「で――ともかく名探偵の出るシーンを急いで追加しようということに」

「話が通じるんですか？」

「それは何とかします」

「芝居の世界も相当無茶だが、上には上があるな」

と、土方は面白がっている。「セリフは何なら俺が考える」

「よろしく！」

車は夜の町を急いだのだった……。


「おい」

と、土方冬彦は、メイクを済ませた自分の姿を鏡で見て、「この前は、髪を反対側で分けてなかったたか？」

「え？　そうでしたか？」

メイクの女性は写真を取り出して、「あ、本当だ！　すみません」

と、あわてて直した。

「うん、こんなもんだった」

「よく憶えてらっしゃいますね」

と、メイクの女性が感心している。

「小さな劇団は、何から何まで自分でやるからな。つい細かいことも憶えてるくせがつくのさ」

ＴＶ局の中、これから〈名探偵・三大寺一〉の収録である。

「先生」

と、顔を覗かせたのは、副田百合だった。

「何だ、いたのか」

「今まで収録があって。――マリエちゃんもいますよ」

安東マリエが顔を出して、

「今晩は」

「良かったら見て行きなさい。ＴＶの世界は時としてこういうことが起る。乗り切らなくちゃならん」

「はい。見せていただきます」

「弥生も来てるよ」

「事情は耳に入ってますけど、どうなってるんですか？」

と、百合が訊いた。

「今、シナリオライターが、局の中の小部屋に押し込められて、追加分のセリフを書いている」

「とんでもないことですね」

「全くな。いくら工夫しても、不自然になるだろう」

そこへ、「ニャー」と鳴き声がして、

「あ、もしかしてホームズ？」

と、マリエが言った。

「ホームズと付き添いです」

晴美が現われて、「弥生からメールもらって、面白そうなんで飛んで来ました」

土方は笑って、

「エキストラには事欠かないな」

と言った。「——やあ。いいじゃないか」

「汗がなかなかひかなくて」

と、弥生がパリッとしたスーツ姿でやって来た。「秘書に見えますか？」

「服装はいい。筆記用具をいつも持っていろ。秘書の仕事はメモが第一だ」

「何かペンを用意してもらいます」

「いや、自分のを使え。持ち慣れていないと不自然に見える」

「分りました。ピンクのボールペンですけど」

「それでいい」

「さすがに演出家ですね」

と、晴美は言った。

「いや、貧乏劇団だからね」

土方はそう言って、「おい、シナリオはまだか？」

プロデューサーの名取が、浮かない顔でやって来た。

「三大寺が謎《なぞ》ときするセリフはできてるんですがね」

「だったら、それを先によこせ。憶えなきゃならんのだぞ」

「あ、これです」

と、数ページのシナリオを土方に渡す。

「他の場面とは？」

「つまり——今回の主役の女性記者が、やっぱり一度は三大寺と顔を合せないとおかしいので」

「それはそうだろう」

「ところが、その役の女優は他の局の仕事で北海道なんです。朝にならないと戻って来ないので」

「やれやれ……」

土方は自分のセリフに目を通すと、「おい、相手は切り返しでいいんだろ？」

二人の対話を同じ画面に入れず、一人ずつの画面を交互に出して見せるということだ。

「そうですが……」

「じゃ、俺のセリフは撮ってしまえばいい。相手も一人で撮ってつなげれば」

「ですが……」

「待て。俺がしゃべってるカットに、彼女の後ろ姿を入れればいい」

「でも、いないんですよ」

「だから後ろ姿だ。誰かに同じ服を着せて同じヘアスタイルにして」

「さすが土方さん！」

名取は目を見開いて、「でも、後ろ姿を誰が……」

「記者役は誰なんだ？」

「井田茜《いだあかね》です」

「知らんな」

「まだ二十歳くらいの、小柄な子ですよ」

と、晴美が言った。「後ろ姿なら、マリエちゃんでいいんじゃない？」

「私ですか？」

と、マリエがびっくりして目を丸くする。

「大丈夫だろ。後ろ姿なら分りゃせん」

と、土方が言った。

「私で良ければ……。マネージャーさん、帰っちゃったし」

「よし、それで行こう」

「分りました」

名取がホッとした様子で、「マリエちゃんなら、名前を出したいくらいだ」

「後ろ姿でか？」

と、土方は笑った。

「じゃ、マリエちゃん、仕度、手伝うわ」

と、百合が言った。


「――謎は解けても、スッキリしませんね、先生」

と、弥生が言うと、土方はゆっくり肯いて、

「人間そのものが謎だよ。その謎だけは、私にも解けん」

と言って、パイプをくわえ、分厚い本を開く……。

ややあって、

「――OK！　すばらしい！」

名取が感激の声を上げた。

土方が長いセリフを全く間違えることなく、一回でOKにしたのだ。

スタジオの中に拍手が響いた。

「やった！」

と、弥生が両手を突き上げた。

「ご苦労」

土方は弥生の肩を叩いた。

「おみごとでした」

と、晴美が言った。

「ニャー」

「ホームズも絶賛しています」

「ありがたい」

と、土方は微笑んで、「マリエ君、お疲れさま」

「後ろ姿でも、共演できて光栄です」

と、マリエは言った。

「君の事務所の社長に黙っててくれよ。叱られるだろうからね」

と、土方は言って、「おい、名取君」

「はあ」

「マリエ君にせめて帰りの車代ぐらい出してやってくれよ」

「分りました」

と、名取は言った。「タクシー、手配しましょう」

「じゃ、百合さんも一緒に」

と、マリエは言った。

着替えをして、玄関ロビーで集まることにした。

「——ああ、緊張した」

と、マリエはメイク室へ入って言った。

「座ってるだけで？」

と、百合が言った。「髪、直してあげる」

「ありがとう」

鏡の前に座ったマリエの髪を、百合が元の通りに直しながら、

「後ろ姿でもお芝居はできるのよ。舞台をやると、よく分るわ」

「そう？」

「お客の視線が背中に当るでしょ。後ろを向いてるからって、気が抜けないのよ」

「そうか。——私、やっぱり舞台やりたいな！」

するとと廊下で、

「マリエちゃん、ここかな？」

と、声がした。

「ここにいます」

と、百合が答えた。

「タクシー、待ってるから」

「はい、どうも」

百合は、マリエの脱いだ衣裳をハンガーにかけて、「——行きましょうか。マリエちゃん、どうしたの？」

と訊いた。

マリエが、椅子にかけたまま、心ここにあらず、という様子だったのである。

「マリエちゃん？」

「——あ、ごめんなさい」

と、マリエは我に返ったように言った。

「どうしたの？　疲れたのね、きっと」

「ううん、大丈夫」

マリエは立ち上ると、「じゃ、帰ろう！」

と、元気よく言った。

局の玄関で土方や晴美たちが待っていた。

「あ、待ってて下さったんですか？　すみません」

と、マリエは焦った。

「やはり一番のスターをお見送りしないとな」

という土方の言葉に、

「そんな！　やめて下さい」

と、マリエは赤くなって、「土方さん、ぜひいつか、私を舞台に出して下さいね」

「ああ。しかし、それにはまずセリフがちゃんと言えることが条件だ」

「はい！　勉強します！」

百合が玄関前のタクシーに合図して、ドアを開けさせると、

「マリエちゃん」

と呼んだ。

「お先に失礼します」

百合とマリエはタクシーに乗り込んで、TV局を後にした。

「マリエちゃん、眠ってもいいわよ。起こしてあげる」

と、百合が言った。

「うん」

マリエは目を閉じた。

しかし——眠くはなかった。動揺していたのだ。

さっき、廊下から、タクシーが待っていることを告げた名取の声。あれが、前に聞いた、謎の会話の声とよく似ていたのである。

「〈劇団Z〉はもうだめだろう」

「土方冬彦は先が長くない」……

あの会話……。その一方の声は名取とよく似ていた。

むろん、声の響く廊下のことで、名取とよく似た声のTV局の社員も他にいるだろう。顔を見たわけでないマリエとしては、あれが名取の声だった、と断言することはできない。ただ、「似ている」と直感的に思ったことは確かだったのである。

眠くない、と思っていたマリエだが、目を閉じて、車の揺れに身を任せている内、いつしか眠っていたらしい。

「——マリエちゃん」

百合に揺さぶられてハッとマリエは目を覚ました。

「もう着くわよ」

「うん。——ありがとう」

「よく眠れた？」

「まあまあね」

と、マリエは言って、深呼吸した。

「明日も大切なシーンね。頑張って」

と、百合が励ました。

「はい」

マリエは百合の手を握った。

そうだ。今はドラマのことだけ考えよう。与えられた役をちゃんと演じる。——それが私の役目だ。

「そのマンションに着けて下さい」

と、百合が言った。

10 不安な空気

「また女の子が狙われた……」

と、唯はケータイのニュースを読んで呟いた。

今度の子は運よく助かったのだが、一歩間違えば殺されていたかもしれない。

有田文江のように。——そう、第二の犠牲者が出ていたかもしれなかった。

「そうだわ……」

このまま放っておいちゃいけない。

松下唯は、学校の帰り道、ケータイで片山刑事へかけた。

「——やあ」

片山の明るい声が聞こえると、唯は何だかホッとした。

「今、学校の帰りなんです」

と、唯は言った。

「この間、電話もらってごめんね。こっちからかけようと思ってたら、色々あって」

「また狙われたんですね、女の子が」

「そうなんだ。偶然のことで助かったんだけどね。――何か用だったんだね」

「あの……」

唯は足を止めて、「はっきり確信があるわけじゃないんですけど……」

「うん、構わないよ。話してみてくれ」

「実は、TVのニュースで……」

殺された有田文江のお葬式のニュースで、文江と一緒にいた男性とよく似た人を見た、と話して、

「一瞬だったんですけど、パッと映ったときに、あ、あの人だって思ったんです」

「分った。その映像をもう一度見てもらおう。どこのTV局？」

と、片山は勢い込んで言った。

「有田文江さんの告別式が行われ、同じ学校の生徒など、大勢が参列しました……」

アナウンスの声に合せて、告別式でハンカチを目に当てる生徒たちの姿が映る。

そして、有田文江の父親らしい男性がマイクを手に挨拶《あいさつ》しているところ。それを聞いている生徒や大人たち――。

「ここです！」

と、唯が言ったときには、もうその映像は消えていた。

「少し戻して下さい」

と、片山が言った。「――ここ？」

「ええ」

画面は静止状態だった。唯は立って行って、モニター画面の中の、黒いスーツの男性を指さした。

「この人です」

「ありがとう」

片山は肯いて、「やっと手掛りらしいものが見付かった。ありがとう」

と言った。

「でも……」

唯は重苦しい気分のようだった。「もしかしたら、私の見間違いかもしれない」

「いいんだ。ちゃんと確かめるから」

「でも、私、もしその人と面と向って、『本当にこの人だったか？』って訊かれたら、答えられないかもしれない」

唯はじっと片山を見つめて言った。「お願い。その人を犯人扱いしないでね」

「分ってるよ」

片山は唯の肩を軽くつかんで、「有田文江と一緒にいたからといって、犯人とは限らないからね」

「ええ、そうだよね」

「大丈夫。君が心配するようなことにはならないように、充分気を付ける」

「よろしく。——ごめんね、何だかつまんないこと言って」

「いや、君は本当に真面目な子だな。みんなが君のようだったらいいけど」

「私……不良だよ」

「そんなことないさ。あの後、あそこに行ってないだろ？」

「うん。怖くて」

「それでいいんだ。まず命を守ることが大切なんだから」

「うん。——ありがとう」

「こっちこそ。今度ランチをおごるよ」

「やった」

と、唯は笑顔を見せた……。

喫茶店に、あのビデオの男性が入って来た。

片山は奥の席で立ち上って肯いて見せた。

「——片山さんですか?」

「水科さんですね」

「ええ」

水科拓郎はけげんな顔で、「お会いしたことがありましたか?」

「いえ、そうじゃないんです。ただ、話の内容が……」

片山は警察手帳を見せて、「警視庁捜査一課の片山といいます」

「刑事さん?」

水科はコーヒーを頼むと、「僕にどういうご用で……」

「この子、ご存知ですね」

片山は有田文江の写真を取り出した。

「ええ。——この間殺された子ですね」

「よく知っていましたか?」

「文江ちゃんですか? まあ、うちの子と以前仲が良くて……。小学生のころですが」

「水科さん。有田文江ちゃんの殺された辺りへ行かれたことは?」

「いや……。あんな所、通り道でもないですからね」

コーヒーが来ると、水科はブラックのまま一口飲んだ。カップを持つ手が少し震えている。

「あの辺で、あなたが文江ちゃんと一緒にいたのを見たという人がいるんです」

片山の言い方は穏やかだった。しかし、水科の顔からサッと血の気がひいた。

「本当のことを話して下さい。隠しごとをしたら、却って事態を悪くします」

水科はじっと目を伏せていた。――それだけでも、認めているのと同じだ。

「会っていたんですね」

と、片山は念を押した。

「刑事さん……。私は何もしていません」

「ええ。そう疑っているわけではないんです。ただ、文江ちゃんがあそこでどうしていたのか、あなたが何か知っているのかと思ったんです」

水科はしばらく店の中を見回したり、苛々とネクタイを直したりしていたが、

「会社には内緒にして下さい。疑われたっていうだけでクビになりかねない」

「必要なければ、表沙汰《おもてざた》にはしません。文江ちゃんとのことを聞かせて下さい」

と、片山は言った。

水科は、少し飲みかけていたコーヒーに、ミルクと砂糖をたっぷり入れ、スプーンで乱暴にかき回すと、一気に飲んだ。

そして息をつくと、手の甲で口を拭って、

「初めは偶然でした」

と言った。「あの通りを歩いていて、有田文江とバッタリ会ったんです」

水科は、文江が小学校のころ、自分に憧れていたと言ったことを含めて、それから何度かあそこで会ったと話した。

「――ですが、あの子との間には何もありません。本当ですよ。僕だって、いい年齢《とし》の男です。確かに可愛い子でしたが、捕まるような真似はしません」

水科は身をのり出すようにして言った。どうやら嘘ではないらしい、と片山は思った。

「で、殺された夜は？　一緒だったんですか？」

片山の問いに、水科はまたしばらく口をつぐんでしまった。

「水科さん。私たちは本当の犯人を見付けたいんです。手近な人を逮捕して済ますつもりなどありませんよ」

片山は穏やかに言った。

「――分りました」

水科は思い切ったように、「あの日も一緒でした。あの子はあの晩、何だか少し動揺しているというか――心細そうに見えました……」

水科は、文江と歩いていて、ＴＶのロケに出会ったことを話した。

「ロケの人と話しましたか？」

「それは……みんな忙しそうで」

と、口ごもる。

「ロケのスタッフからも話を聞きます。隠しごとをしないで下さい」

と、片山は念を押すと、

「分りました……」

と、水科はため息をついて、「ただ――この話は、私だけでなく、あの子のためにも、公にしないでいただきたいので……」

「あの子とは――」

「文江のことじゃありません。安東マリエのことです」

片山はちょっと目を見開いて、

「あのスターのことですか？」

「ええ。安東マリエは私の娘なんです」

これには片山も啞然とした。水科はマリエの母親と別れたことを説明し、

「まさかあんな所で会うとは……。お互い、びっくりしました」

「他の人とは話を？」

「いえ、スタッフはみんな走り回っていました。――ああ、そういえば、『演技の先生』とマリエが呼んでいた女性と会いました」

「副田百合さんですね」

「ああ、そんな名前でした。でも、ロケの最中でしたし、そのまま別れました……」

「有田文江ちゃんもその場にいたんですね」

「そうです。私とマリエのことを知って、びっくりしていました」

「それから?」

「私たちはロケ現場を抜けて、歩いて行きました。マリエに会ったことで、私はもう文江とは会うまい、と思っていました。本当に、世の中は狭いもので、どこで誰に会うか分らない。これはもう文江と会うな、という天の声だと思ったんです……」


文江は、そんな水科の思いなど、全く気付いていない様子で、

「いいなあ、マリエちゃん！　やっぱりスターらしい輝きがある！」

と、しきりに感心していた。

「そうだね。とても僕の子とは思えないよ」

と、水科が言うと、

「あ、そんな意味で言ったんじゃないのよ」

と、文江はあわてたように言った。「本当よ。水科さん、すてきだもの。マリエさん、お父さんに似たのね」

水科はちょっと笑った。

「あ、笑った。珍しいね」

と、文江は言った。

「そうかい？」

「特に今夜はニコリともしなかったじゃない」

「それは――」

「自分の娘に会って、動揺してる？　私のこと、マリエちゃんはどう思ったかな」

「まあ……普通こんな時間にこんな場所を歩いてないよな」

「水科さん」

文江が腕を絡めて来たので、水科はドキッとした。

「何だい？」

「私と会ってること、後悔してる？」

「いや、別に……。後悔って、別に悪いことはしてないじゃないか」

「そうよね。でも、こうして歩いてるだけでも、もし奥さんや亜矢ちゃんに知られたら、うまくないでしょ？」

「まあ……面白くはないだろうね」

「でも、私には水科さんが必要なの。もう会わない、とか言わないでね」

先手を打ってそう言われてしまうと、水科は何とも言えなくなってしまった。

ただ、マリエたちに会う前の、文江の沈んだ気分は忘れたように消えているようで、水科はホッとした。さりげなく、

「もう帰ろうか」

と言ったが、

「まだ、いや！」

と、文江は水科にしがみついて来た。

そのとき――ケータイが鳴った。水科のではなかった。

文江はケータイを取り出して出ると、

「――はい。――もしもし？」

と、ちょっとけげんな顔で言って足を止めた。「あの――ああ！　びっくりした！」

相手に心当りがあったらしく、ホッとした様子で、

「何ですか？　――ええ。――そうなんだ！　――うん。分った」

文江は話しながら水科から離れて行った。

誰と話してるんだろう？　水科には見当もつかなかった。

「――はい、それじゃ後で」

と言って、通話を切ると、「ごめん。水科さん。私、ちょっと急な用ができちゃった」

「そう。――今の、友だち？」

「まあね」

と、文江はケータイをしまうと、「じゃ、ここで」

あんなに水科にしがみついていたことなどケロリと忘れてしまったようだった。

「うん。それじゃ……」

道を少し戻って振り向くと、文江の姿は見えなくなっていた。


「——それだけです」

と、水科は言った。「本当にそれきり何も知らないんです」

「分りました」

片山は肯いて、「ともかく、今日お話を伺えて良かったですよ」

「刑事さん。どうして私のことを知ったんですか？」

「あなたをあの辺で何度か見かけていた子が、TVのニュースに映っているあなたを見て、よく似てると言って来たんです」

「TVのニュース……。ああ、文江ちゃんの告別式ですね。そうですか」

水科は少しホッとした様子だった。しかし、不安は消えない様子で、

「お願いです。妻や娘には知られたくないので……」

「こちらからお話しすることはありません」

「そう願います。文江ちゃんは母親に私のことを話していたようで……。いや、たまたま外で出会った、と言っただけらしいですが……」

水科の、ほとんど怯《おび》えているような様子はいささかふしぎだったが、何かやましいところがあれば、むしろもっと平静を装うだろう。

「お仕事中、失礼しました」

と、片山は言って手帳をポケットに入れた。

「いや、どうも……」

水科は汗を拭った。「ここは私が——」

「そういうわけにはいきません。別々に払いましょう」

と、片山は言った。

水科は安堵の面持ちで、片山と一緒に喫茶店を出たのだが……。

水科にとって運の悪いことに、片山と話していた席の斜め後ろに、同じ社の女性社員が座っていたのである。

お使いに出て、息抜きしていたので、水科が入って来るのを見て、顔が合わない席へ移った。そして、二人の話に耳を傾けていたのだ。

彼女の手もとにはケータイがあって、二人の話を聞きながら、〈水科さん、殺された女の子と付合ってた！〉〈刑事が話を聞きに来てる！〉と、社の同僚へと「生中継」していた。

水科が社へ戻る前に、すでにそのメールは社内を駆け巡っていた……。

11　千秋楽

ついに、最後の幕が下りた。

拍手は鳴り止まない。

「おい、カーテンコールも舞台の内だぞ」

と、劇団員に声をかける土方の目も、少し潤《うる》んでいた。

「はい……」

桑野弥生は涙を拭こうとして、

「気を付けないと、タヌキみたいになるぞ」

と、土方に止められた。「客席からは、汗か涙か分らない。そのままでいい」

「はい」

幕が上って、出演者一同が舞台に出て行く。「めぐりくる季節」の千秋楽である。

評判は上々で、最終日まで客席は完全に埋って補助席が出るくらいだった。

カーテンコールは五回に及び、やっと拍手が止んで客が席を立ち始めた。

「良かったわね」

客席の後ろの方で立って見ていた晴美が言った。「弥生も上手くなってたわ。ね？」

訊いたのは、隣で欠伸している片山にではなく、晴美の腕の中で寛《くつろ》いでいたホームズにだった。

「ニャー」

「ほら、ホームズもそう言ってる」

「勝手に決めるな」

と、片山は苦笑した。「俺だって、あの子が上手くなったことぐらい分る」

「楽屋に行きましょ」

晴美が促した。

楽屋には、何人ものファンが押しかけて、土方を囲んでいた。

「あ、晴美！」

弥生が、舞台そのままの格好でやって来ると、「来てくれたのね！　席、あった？」

「終りの二十分くらいに入ったから、立って見てたわ」

「お兄様も？　すみません！」

「いやいや。客席の反応も良かったね」

「ええ。私、やっと女優になった気がしてるの」

「おい、まだ早いぞ」

と、土方がやって来る。「お前はまだ素人に毛の生えたくらいだ」

「あ、聞こえちゃった」

と、弥生が舌を出す。

「片山さん、どうも。メイクを落すので、少し待って下さい。こちらも打上げです、一杯付合って下さいよ」

「あ、いや……」

「兄は一応刑事なので」

と、晴美が言った。「まだ、この間の殺人事件の捜査が進んでいなくて」

「あの中学生の女の子が殺された事件ね？　今は誰でも簡単にタレントになれるから……」

「その言葉につられるのは、勉強が足りんからだ」

と、土方は言った。「人生、近道はないものだ」

「先生はそういうことばっかり言って……。年齢《とし》だって言われてるんですよ」

「当り前だ。もう五十五だからな。――おい、着替えよう」

「はい」

二人が楽屋へ入ろうとすると、

「土方先生」

と、呼ぶ声がした。

「あ、副田さん」

と、晴美が言った。

副田百合がジーンズ姿でやって来た。

「すばらしい舞台でした」

と、百合は土方へ言った。「弥生さんも立派でしたね。私の出る幕はなさそう」

「次の芝居は若い娘が五人も出る」

と、土方が言った。「予定しておけ」

「はい！」

百合が頰を紅潮させた。

土方と弥生が楽屋へ入って行くと、

「片山さん。――マリエちゃんが申し訳ないと言ってました」

片山から、水科の話を聞いて、マリエは自分が父と会ったことを隠していたのを詫《わ》びたのである。

「いえ、気持は分るわ」

と、晴美が言った。「せっかく久しぶりに会った父親のことを、怪しいって突き出すようなものですからね」

「あなたも、あそこにいたんですね」

と、片山が訊いた。

「ええ。でも殺されたのがあの子だったなんて知らなかったんです」

「分ります。――水科さんの話では、誰かが有田文江ちゃんに電話して来たと……」

「着信記録はなかったんですか？」

「ケータイが失くなっていたんです。犯人が持って行ったんでしょう」

「そうですか……。あら、久野さん」

百合はＡＤの久野がやって来るのを見て、

「どうしたの？　何かトラブル？」

「いや、別の用で……。あ、刑事さん」

と、片山へ会釈した。

「別の用って？」

「うん。プロデューサーに頼まれてね」

と、久野は言った。「ここの桑野弥生って女優を連れて来てくれって」

「弥生さんを？」

「うん。何の用かは分らないけど」

十分ほどして、土方を始め、劇団員たちが出て来た。

「さあ、打ち上げだ。しかし、無茶をするなよ。次の公演もあるし、バイトのあるのもいるだろう」

「弥生さん」

と、百合が弥生を呼んで、久野のことを紹介した。

「私にご用？」

「そうなんです。——あ、すみません」

久野のケータイが鳴った。

「この着メロ……」

と、百合がクスッと笑って、「〈ある愛の詩《うた》〉だわ。ロマンチストね」

「からかうなよ」

と、久野が背を向けて、「——もしもし。——はい。今ちょうど桑野弥生さんと会ってます」

久野は弥生の方へ目をやって、

「——そういうことですか。——あ、今代ります」

ケータイを弥生へ渡して、「名取さんです」

「ああ、この間の」

土方に突然「名探偵」をやってくれと言って来たプロデューサーだ。弥生が出て、

「もしもし、桑野弥生です。――はい、どうも」

土方がふしぎそうに、

「どうしたんだ？」

「名取プロデューサーが、次のクールのドラマに、弥生さんを使いたいと」

と、久野が言った。

「ほう。エキストラじゃないんだな？」

「この前の、名探偵の秘書がとても良かったと言ってまして。準主役と言ってもいい役だそうです」

「稼げるな。劇団を辞めるなよ」

弥生は話をしている内に段々声のトーンが高くなり、

「分りました！　あの――ただ、先生と相談しませんと」

と、土方を見た。

「今は何でもやってみろ」

と、土方は言った。

「はい！　――もしもし、先生もいいと言ってくれました」

「やれやれ……」

土方は笑って、「俺はマネージャーになった方がいいかな？」

「――先生」

と、ケータイを久野に返して、「連ドラのレギュラーです」

「そうか。主役を食っちまうつもりでやれ」

「はい！」

「待て。俺も一緒に行ってやる！　名取のような奴はケチだからな。できるだけ安く使おうとする」

「お願いします！」

「弥生、良かったね」

と、晴美が言った。「チャンスを逃がさないで」

「うん。必ずものにして見せる！」

と、弥生は力強く言った。


で――結局、晴美たちまで一緒にTV局へと向うことになった。

一方、片山は捜査本部へ戻って行った。

「あーあ」

寝不足気味の片山、タクシーの中で大欠伸をくり返していたが……。

「――ん？」

ケータイが鳴った。その音で目が覚めてから、「あ、俺は寝てたのか……」と気付く始末だ。

「もしもし」

「あ、片山さん……」

「やあ」

松下唯だ。

「あの人……捕まったんですか？」

「あの人？」

「私がＴＶのニュースで見た人です」

「ああ、水科さんのことか。いや、会って話は聞いたけど」

と言ってから、「どうしてそんなことを？」

「ネットに流れてます」

「何だって？」

「水科拓郎って名前も、写真も。そして――安東マリエの実のお父さんですってね、あの人」

片山の眠気は吹っ飛んでしまった。

「そんなことまで？　しかし――警察は一切公表してないよ」

「どこかから話が洩《も》れたんですよ。水科って人、会社も休んでるって。〈もうクビだろ〉って書き込みもあります」

「そんな……。二人きりで話しただけで……」

と言いかけて、「そんなこと言ってても仕方ないな。現に情報が流れてるんだから」

「私……やっぱり黙ってれば良かった」

と、唯は沈んだ口調で言った。

片山はどう言っていいか分らなかったが、

「――すまない。僕の不注意だ。どこからそんな話が広まったか、調べて必ず対処するよ」

「お願い。水科さんって、殺された子と同じ年齢の娘さんがいるんでしょ？」

「うん。同じ学校でね」

「もう、話は広まってると思う。家族の人たちが辛《つら》いでしょうね」

「水科さんに連絡してみるよ」

ともかくそう言って切ったものの、片山はしばし呆然《ぼうぜん》としていた。

どうしてあの話の中身が……。

「そうか」

あの水科と会って話をした喫茶店。あそこに誰か水科を知っている人間——おそらく同じ社の人間がいて、話を聞いていたのだ。

水科に何度も念を押されていたのに……。片山は、自分を信じて情報を提供してくれた松下唯のことも気になった。結果としては、唯の信頼を裏切ったことになる。

しばらくためらったが、片山は水科のケータイにかけてみた。——電源が切ってある。

仕方ない。直接自宅へ行って詫びるしかない、と思った。

ともかく、一度捜査本部へ行って、先走った情報が広まるのを、何とか止める手段を考えなければならない。

そんなことが可能だろうか？

片山は重苦しい気持で、捜査本部へ電話を入れた……。

「やあ、先日はどうも」

と、プロデューサーの名取が、土方を迎えて言った。「無理を言って、すみませんでした」

「いや、しっかりギャラももらったしな。次の公演に使わせてもらうよ」

「いや、相手の女優が感服してました。別々に撮ってつないでも、土方さんの芝居はちゃんと合うようにしてくれている、と」

「長くやってりゃ、要領も分るさ」

と、土方は言いつつ、得意そうだった。

「どうも……」

と、桑野弥生が名取へ、「お声かけていただいて」

「ああ、スポンサーからもね、『あの娘《こ》は誰だ？』って問い合せがあって。ぜひ次のクールのドラマで」

「ちゃんと俺にシナリオを見せろよ」

と、土方が釘《くぎ》を刺した。

TV局の、収録を終えたスタジオの中だった。

ホームズが中をグルッと回って見物している。

「あんたも出る？」

と、晴美がホームズに声をかけていた。

すると、土方が突然、

「猫だ！」

と、声を上げた。

「どうしたんです？」

と、晴美がびっくりする。

「今、閃《ひらめ》いた。次の舞台が頭に浮んでいたが、何かもう一つ雰囲気が足りない。——猫だ！　そこに猫が一匹いれば、全く変る」

土方の目は輝いていた。

「猫——ですか」

と、晴美は言った。「でも、毎日舞台でおとなしく座ってる猫っているんでしょうか？」

「そこが問題だな」

と、土方は腕組みして、「動物プロダクションに問い合せてみよう」

「先生、あんまり無理を言っても……」

と、百合が言った。「それに、猫は高いと思いますよ」

「そうか！　そこは考えなかった」

土方はため息をついて、「ギャラを払わなきゃいかんのだな。人間なら、逆にバイトで稼いでくれるが」

「きっと、猫のギャラが一番高いですよ」

話を聞いていた名取が、

「確かに猫は大変ですよ。気まぐれだし。それに映像なら撮り直せばすみますが、生の舞台となると……」

「そうだな。——残念だ」

と、土方は言ったが……。

ふと土方はホームズへ目をやると、

「君、出る気はないか？」

と訊いた。

「ホームズですか？」

と、晴美がびっくりして、「そりゃぁ、じっとしてるぐらいでしたら……。でも、このホームズはちょっと特殊な猫なので」

「構わん！　頼む、安いギャラで我慢してもらえないか」

「いえ、お金の問題では……」

晴美はホームズを見た。ホームズが見上げる。その眼には、何か言いたげな色が浮んでいた。

「——本番はいつですか？」

と、晴美は訊いた。

「暮の十二月だ。稽古はもう来週から入る」

「稽古は出なくてもいいですか？」

「そうだな。セリフもないし」

それを聞いて、ホームズが「ニャー」と鳴いた。

「分りました」

と、晴美が言った。「リハーサルにも、出られるときは出ると言ってます。ただ、捜査上で必要になったときは——」

「どうしても本番の舞台に出られないときは、ぬいぐるみで代用する」

と、土方は言った。「で——ギャラの相場はいくらかね？　プロダクションの猫より安くしてほしいが」

「お金はいりません」

「本当か？」

「ええ。ただ——ちょっと一風変った猫ですから、それだけはご承知おきを」

と、晴美は言った……。


片山はタクシーを降りた。

「ここ……か」

水科の自宅だった。

気は重い。——何といっても、片山があの店で話を聞くとき、もっと用心していれば防げたのに、今となっては……。

水科の家は暗かった。

「どこかへ行ってるのかな……」

片山は玄関のチャイムを鳴らそうとしたが――。ボタンを押してみるが、家の中で鳴っているのかどうか……。

するとう、

「――むだだぜ」

と、声がした。

振り返ると、ベレー帽をかぶった若い男が立っている。

「あんたはどこの人？」

と、片山に訊いた。

「どこ、というと……」

「週刊誌？　スポーツ紙？　――ま、どこでもいいけどね。一人で抜け駆けされると困るんだよね」

片山のことを記者と思っているらしい。

「じゃ、ここへ取材に？」

「そうさ。だけど、いくらチャイム鳴らしても出て来ないんでね。頭に来た一人が、三十分ぐらい鳴らし続けたもんで、たぶん中で線を外しちまったんだろ」

と、男は言った。

「三十分も……」

中で、水科の一家はどんな思いでいるだろうか。

「向うのラーメン屋に集まってんだ。よかったらあんたも来なよ。ドア叩いたってむだだから」

「家の人は……中にいるんだね」

「そりゃいるよ。娘が学校から帰って来たとき、奥さんも出て来てたしね」

そうか……。

「ともかく、一流企業の課長が十五歳の女の子と関係して殺したっていうんだ。しかも娘の友だちを。おまけに、その男は安東マリエの実の父！　当分、ワイドショーはこれでもつぜ」

「待ってくれ」

と、片山は言った。「水科さんが殺したとは誰も言ってない」

「そんなの、構うもんか」

と、男は笑って、「ＴＶが有罪を宣告するのさ」

「いい加減にしろ」

片山はたまりかねて、「参考人として話も聞いてないのに、犯人と決めつけるなんて、ひど過ぎる！」

「何だよ……。一人でいい子になろうってのか？」

「僕は記者じゃない」

片山が警察手帳を見せると、

「刑事？　じゃ、いよいよ逮捕かい？　待っててくれ！　カメラマン、呼んで来る！」

男は、止める間もなく、走って行ってしまった。

片山は、水科家の玄関のドアを叩いて、

「警察です！」

と、大声で呼んだ。「刑事の片山です！　開けて下さい」

ドアをさらに叩いて、くり返し呼んだ。

中でガタガタと音がして、鍵が開いた。

ドアが開くと、女の子がふらつきながら出て来た。

「おい！　どうした？」

「パパが……。ママと……薬のんで……」

と、少女は足下に崩れた。

「しっかりしろ！」

片山は少女を抱き上げると、「――中にいるか！」

と、玄関へ入って呼んだ。

薬？　――薬をのんだ？

少女を上り口に寝かせて、片山は急いで上り込んだ。

「水科さん！　どこです！」

一階の居間や台所を覗いたが、見当らない。

二階へ駆け上る。

ドアが半開きになっていた。中へ入ると、夫婦の寝室だった。

ベッドで、水科と妻が横になっていた。ナイトテーブルに空の薬のびんと、水のグラスが……。

「畜生！」

片山は急いで連絡を入れて、「救急車を大至急！」

と、大声で言った。

一階へ下りて行くと、カメラのフラッシュが光った。

あの男を始め、記者やカメラマンが入って来て、あの女の子を撮っていたのだ。

「やめろ！」

片山は怒鳴った。「住居侵入で逮捕するぞ！」

記者たちを玄関から押し出すと、片山は救急車を待った。

サイレンが聞こえて来るまで、とんでもなく長く感じられた……。

12　圧迫

「片山さん……」

思いがけない顔を見て、片山は言葉が出なかった。

病院の廊下をやって来たのは、松下唯だったのである。

「ネットのニュースで見て」

と、唯は言った。「どんな具合？」

「三人とも、今手当してもらってる」

片山はため息をついて、「僕の不注意だよ。せっかく君が……」

「助かる？」

「何とか——助かってほしい」

と、苦しそうに言った。

「でも、どうして……。本当に殺したの？」

「分らないよ。ただ、マスコミが押しかけて、一家で閉じこもっていたんだ」

「誰が言い出したのか。——ともかく、助かってくれれば分るけど」

片山はベンチに座った。

そこへ、

「お兄さん」

と、声がした。

晴美とホームズがやって来たのだった。

「どうなの？」

「まだ何とも……」

片山は、副田百合もやって来たのを見て、

「やあ……。あなたも」

「マリエちゃんのことが心配で」

と、百合は言った。

「そうですね。——水科が実の父だってことまでニュースになってしまった」

「私、マリエちゃんの様子、見て来ましょうか」

と、百合が言った。

「お願いします！　僕はここから動けないので」

「じゃあ……」

「分りました。きっとマリエちゃんの方も大変なことになってると思うので」

百合が行ってしまうと、すぐに看護師がやって来て、

「刑事さん。先生が……」

片山が急いでついて行くと、

「警察の方ですね」

と、医師が立っていた。

「どうですか」

「何とか三人とも薬を吐かせました」

と、医師は言った。「奥さんが少し心臓が悪いようで、心配ですが、明朝までもてば、助かるでしょう」

「そうですか……」

片山はふらついて、危うく倒れそうになった。晴美があわてて、

「しっかりしてよ！」

と、支える。

「救急車が着くまでに、少しでも吐かせておいてくれたので、助かりましたよ」

と、医師が言った。

「兄さん、そんなことを？」

「夢中だったから、よく憶えてないな」

と、片山は言った。「——唯ちゃん」

「良かった！」

と、唯が涙ぐんでいる。

「君は……いい子だな」

片山は唯の肩を抱いた。

「ニャー」

と、ホームズが同感の意を表した。

「——こんなことで、事件がうやむやになっちゃいけない」

と、片山は言った。「必ず犯人を見付けるぞ」

「そうだ」

と、晴美が言った。「ね、ホームズがね、舞台デビューすることになったのよ」

「何だって？」

急に話が変って、ついて行けない片山だった……。

「やれやれ……」

片山は昼過ぎになって、やっと起きて来た。

「大丈夫？」

「ニャー」

晴美とホームズが心配してくれている。

「水科さんたちは──」

「うん、もう心配ないって。石津さんから連絡があったわ」

「そうか……」

片山は息をついて、「夢でも見たよ。あの一家がみんな助からなくて……」

「兄さんのせいじゃないわ。落ちついて」

「うん……」

片山はともかく顔を洗って、出かける仕度をした。

「どこへ行くの？」

「病院だ。それと、課長に話さないと」

「一緒に行く？」

「いや。一人で行く。そうすべきだろ」

「分ったわ」

と、晴美は肯いた。「じゃ、せめて何か食べて行って」

「そうか。忘れてた」

片山はトーストをかじって、早々とアパートを出た。

ともかく、水科家の三人が助かったことで少しは気持が楽になった。

駅への道を歩いていると、

「片山さん！」

呼びかけられて振り向くと、松下唯が立っている。

「やあ！　ゆうべは大変だったね」

「助かったの、水科さんたち？」

「うん。もう三人とも大丈夫だそうだ」

「良かった！」

唯は学生鞄をさげている。

「君、学校はもう終ったの？」

「ううん。私が証言したって、学校の方に分ったの。あの辺に遊びに行ってたのはけしからん、ってことで、停学になった」

「それは……悪かったね」

「いいの。自分で行ってたのは事実だし、それに退学ってわけじゃなし」

「でも――」

「お母さんと呼び出されて、行って来たんだけど、お母さん、今日はお友だちとお芝居見る約束があるから、一人で帰ってなさいって」

「へえ……」

「お母さん、呑気《のんき》なんだ。だから気が楽。——ふっと思い立って、片山さんのとこ、大体この辺りかなと思って歩いてたら、バッタリ」

「そうか。しかし、放っとけないな。これから出勤するんだけど、一緒に来るかい？」

「え？　でも……」

「課長に話して、君の学校へ話をしてもらうよ。どんなに捜査の助けになったか」

「ありがとう。でも、片山さんにそんなことまで……」

「ついでにランチの約束を果そう。どうだい？」

「それなら行く！」

と、唯は飛び上らんばかりにして言った。

「そういうことなら、よく分った」

栗原《くりはら》課長は、片山の話に肯いた。

「よろしく」

と、片山が言うと、

「任せとけ！　——松下唯君だね」

「はい」

「学校の電話番号は？」

「ええと……」

唯が生徒手帳を見せると、栗原はデスクの電話でかけて、

「――こちらは、警視庁捜査一課の課長、栗原と申しますが、校長先生をお願いします」

栗原は、唯の方へ、ちょっとウインクして見せて、「取り次ぐ声が引っくり返っとる」

と、小声で言ったので、唯はふき出しそうになってしまった。

栗原は、唯のことを賞《ほ》めて、

「捜査一課として、感謝の気持を表わしたいと思いましてな。今、松下唯さんは学校においでで？」

栗原は肯いて、「――ほう。気分が悪くて早退？　それは残念。では明日でも、改めてご連絡いたしましょう」

唯は肩をすくめて、

「勝手言ってら」

と呟いた。

「――これで、停学処分は取り消されるだろう」

と、栗原は受話器を置いて言った。

「ありがとう、おじさま！」

慣れない呼び方をされて、栗原はポッと頰を赤らめた。片山は目をそらして咳払いした。

「礼には及ばんよ。ところで……」

と、栗原が言った。「君、絵のモデルになる気はないかね？」

「は？」

「課長——」

「いや、少々趣味で絵を描くのでね。いいモデルを捜しとったのだよ」

「私で良かったら、喜んで」

「そうか！　君、ランチでもどうかね？」

「やった！」

と、唯は片山を見て、「ランチ、これで二回ね？」

「しかし……」

栗原はランチの皿を空にして、ナイフとフォークを置くと、「なぜ若い子たちが、そんな夜の町へ出て行くのかな」

「大人が悪いとか言うつもりはありません」

と、唯は言った。

とっくに唯の方の皿は空になっている。

「十六、七なら、もう自分のすることに責任持てるし。私はただ好奇心で行っただけですけど、中にはお金稼ごうとして行く子もいます」

「金か、やはり」

「何か買いたいものがある、っていうんでもないみたい。話し相手っていうか、誰かがそばにいてくれたら、って気持の子もいます」

「うむ……。ま、親は話し相手にならんしな」

片山がウエイトレスを呼んで、デザートにするように頼んだ。

「片山さんみたいな人ばっかりだといいんだけど」

と、唯が言った。

「おい、片山。人気があるな」

「課長――」

「唯ちゃん、こいつは女性恐怖症で、ずっと苦労しとるんだ。少し相手になってやってくれ」

「課長！　やめて下さい」

片山は赤くなって言った。

三人でデザートを食べていると、

「やあ、片山さん」

と、よく通る声がした。

「土方さん。——どうも」

土方冬彦が妻の奈緒とやって来たのだった。

「——ほう、こちらが捜査一課長か」

と、土方は好奇心一杯の目で、栗原と握手した。

「よくTVでは拝見しとります」

と、栗原は言った。

「ぜひ今度は舞台にもどうぞ。そうそう。片山さんの所の三毛猫さんにも出演していただくことになっています」

「ホームズが？　それは見に行かねば。片山は出ないのか？」

「課長！　仕事があります」

「冗談だ。——よろしければご一緒に」

珍しく太っ腹な栗原が、「ぜひごちそうしたい」と言って、土方夫妻も同じテーブルについた。が、土方が、

「実はあと二人来るので……」

さすがに、栗原もちょっと迷ったが、

「どうぞどうぞ。私も天下の捜査一課長です」

と、わけの分らないことを言って、広いテーブルに移った。

やって来たのは、副田百合で、

「やあ」

「片山さん！　ご一緒していいんですか？」

百合も、いつもと違って、ちょっとお洒落なスタイルである。そして一緒なのはツイードの上着にネクタイの男性で……。

「あ」

と、唯が言った。「ADの人」

「そうか」

片山もやっと分った。

「久野さんです」

百合が、少し照れたように紹介した。

「こんな格好、めったにしないので」

と、久野も恥ずかしそうだ。

確かに、ひげも剃《そ》って、髪もきちんと切ってあるので、別人のようだ。

「その格好にスニーカーはおかしいよ」

と、唯が言った。

「革靴を持ってなくてね」

と、久野が頭をかいた。

「今度の舞台には、副田百合君にも出てもらう」

と、土方が言った。「それで、久野君も手伝ってくれることになってね」

「TVのADやってれば、どんな仕事もできますよ」

と、久野が言った。

にぎやかなランチのテーブルになったが、先に食べ終った栗原も、土方相手のおしゃべりが弾んで、席を立たない。

「――ほう、この子をモデルに?」

土方が唯を見て、「うん。目に力があるね。君、役者に興味はないか?」

「私……学芸会でも、その他大勢しかやったことないですけど」

「もったいない。君は声もいい。役者にとっては声も大切だ」

停学になったり、捜査一課長にランチをおごってもらったり、役者になれと言われたり……。唯にとって刺激的な一日になったことは確かだった。

「全く課長にも困ったもんだ」

と、片山がこぼすと、

「いいじゃないの。そこが栗原さんのいいところだわ」

と、晴美が微笑む。「ね、ホームズ」

「ニャオ」

晴美が肩からさげたバッグの中で、ホームズが答えた。

夜になっていたが、二人は水科親子の入院先へとやって来た。

「それで、栗原さん、本当にその子の絵を描くの？」

「そのつもりだ。この事件が片付いたら、冬休みにでも、って言ってた」

「絵の腕は上達したの？」

「訊くな」

と、片山は言った。

病室のあるフロアへ行くと、ちょうど医師がナースステーションに来ていた。

「――ええ、三人とも、生命の危険はありません」

と、医師は言った。「ただ――精神的なショックが大きいんでしょう。すっかり沈み込んでしまっていて……」

「娘さんですか？」

「いや、両親の方です」

と、医師は言った。「娘さんは、ちょうどほら……」

振り向くと、娘の水科亜矢が、パジャマにガウンをはおって、やって来るところだった。

「どうだい、気分は？」

と、医師が声をかける。

「あ、先生。――お菓子買って来た」

と、クッキーの袋を見せる。

「食欲があるね」

「だって、ここのご飯、まずいんだもの」

ナースステーションの看護師が笑っている。

片山は少しホッとした。

「あ、あのときの……」

と、亜矢が片山を見て、「パパとママを助けてくれてありがとう」

「いや、ちょっと話を聞かせてくれないか。大丈夫？」

「ええ。クッキー食べながらでいい？」

と、亜矢は言った……。

13　キャスティング

「あ、晴美！」

と、声がして、桑野弥生がコートを翻しながらやって来た。

「あら、弥生」

「稽古場でしょ？　一緒に行こう」

「うん」

二人は並んで歩き出した。

「晴美、ホームズは？」

「ここにいる」

ショルダーバッグをポンと叩くと、ホームズが中から顔を出して、

「ニャー」

と鳴いた。

「よろしくね」

と、弥生は笑って言った。

「今日は顔合せ？」

「たぶんね。まだ上演台本が上ってないし」

と、弥生は言った。「でも今回は楽しみ。百合さんも出るし、ホームズも出るしね」

「本当ね」

——二人が稽古場に入って行くと、何だかざわついていて、

「いつもと様子が違う」

と、弥生は言った。「どうしたのかしら」

そこへ、ポンポンと手を打つ音がして、

「みんな、土方さんからお話が」

と、呼びかける声。

みんなが静かになると、

「突然ですまん」

土方が椅子の上に上って、「次の公演だが、会場が変った。——Sホールになる」

みんながエーッと声を上げた。

「Sホールって大きいのよ」

と、弥生が言った。「五百人ぐらい入る。どうしたんだろ」

「Mプロから、Sホールがたまたま空いたと言って来た」

と、土方は言った。「公演中止になったのがあって、そこへ入ることにした」

「でも、大き過ぎませんか？」

と、一人が訊いた。

「確かに大きい。ゲストが出演する」

と、土方は言った。「ゲストといっても、皆と同じだ。きたえてだめなら、降ろす」

「誰なんですか？」

「安東マリエだ」

土方の言葉に、みんな一瞬呆気《あっけ》に取られたのだった……。

「あ、あの安東マリエですか？」

と、やっと訊いたのは弥生だった。

「あの安東マリエだ」

と、土方は肯いて、「もちろん色々意見はあると思うが」

「お芝居、できるんですか？」

「何の役を？」

と、次々に声が飛ぶ。

「もし出るとしても、大きな役はできないだろう。――当人が舞台に出たがったんだ。

きっと熱心にやるよ」

と、土方は言った。「それに、君らも知っているだろうが、安東マリエの父親を巡る報道で、当人もうんざりしている」

「じゃあ……」

「マリエの所属事務所でも、ともかく、ほとぼりがさめるまで、少しTVなどへ出ないことにするらしい」

「舞台なら大丈夫って？」

「その通り」

と、土方は肯いて、「おい、百合」

「はい」

「君が、マリエに発声の基礎を教えてやってくれ」

「分りました」

「ともかく、彼女の事務所も了解してのことだ。それでホールを変更した」

「でも、あなた……」

と、奈緒が言った。「もし、マリエさんがやっぱり無理ってことになったら？」

「大丈夫です」

と、百合が言った。「マリエちゃん、本当に舞台に立ちたがっていたんです。何としても、やれるように仕込みます」

「ともかくやってみることだ」

と、土方が言った。「さ、それで今日はこれから全員でSホールを見に行く」

みんなが目を丸くした。

「先生――」

「今日だけ、Sホールが空いている。みんなも、舞台の広さをつかんでおけ」

「はい！」

「十五分したら出かけるぞ」

みんながワッと散って行った。

「――思い切ったことを」

と、奈緒が言った。

「ああ。しかし、いつも同じ劇場でやっていたら、応用のきかない役者になる。たまにはいいさ」

と、土方は言った。「それに、演出家としても、たまには広いホールを使ってみたかったんだ」

「まあ。――それが本音ね？」

と、奈緒が苦笑した。

「明りを点けます」

と、声がすると、ガシャッと音がして、舞台と客席に一斉に光が溢れた。

「わあ！」

「凄い！」

客席にいた若い劇団員たちが思わず声を上げる。

「さあ、舞台へ上ってみろ」

と、土方が言った。

みんなが通路を駆けて行って、次々に舞台へと上った。

「おい、転んでけがするなよ」

と、土方は苦笑した。

みんな、舞台を歩き回ったり、客席を眺め回して、

「広いなあ」

と、感心したりしている。

「ちゃんと声を届かせなきゃいけないんだぞ」

土方も舞台に上ると、「怒鳴ったりせずにな」

「通るかなあ、声」

と、弥生が言った。

「何も特別の声じゃない。いつも教えていることがちゃんとできていれば、大丈夫」

と、土方は言った。

晴美も一緒に舞台に上っていた。むろんホームズも、役者同様舞台の広さを確かめるように歩き回って、劇団員たちを笑わせている。

「ずいぶん奥があるのね」

と、奈緒が言った。

「うん、この舞台は奥行が広いんだ」

と、土方は言って、「横だけじゃなくて、縦にも動ける」

土方も、天井を見上げたりしながら、舞台の奥まで行った。

「そうか……」

と、腕組みして呟く。

「何か思い付いたの？」

と、奈緒が訊く。

「床を見ろ。——回り舞台がある」

「まあ、本当だわ。回り舞台ね。——せっかくあるんだから」

「そうさ。使おう」

と、土方の声にも力が入った。「回り舞台を活用して、転換をスピーディにする」

「セットが一つじゃないってことですか？」

と、ＡＤの久野が訊いた。

「そういうことになる」

土方は肯いて、「二つ——いや三つでもいいな。回り舞台を三分の一ずつ回して使えば」

「色々やれますね！」

と、聞いていた百合が言った。

「待って。お金もかかるわ」

と、奈緒が言った。「三つもセット？　正気？」

「チャンスだ。中途半端に使ってはもったいない」

「分るけど……」

「久野君、セットは三つ。急いで作れる所を捜してくれ」

「分りました。ＴＶの仕事をしてる所なら、大丈夫ですよ」

「よし。おい、弥生」

「はい」

「うんと短いスカートで、一緒にスポンサー捜しだ」

「はあ？」

「スポンサーになってくれそうな会社の社長は、大体いい年齢《とし》の親父だ。誰でも可愛い女の子に弱い。君の魅力を最大限発揮してやれ」

弥生が笑って、

「了解しました！」

と言った。

「でも――」

と、晴美が言った。「社長が女性だったら？」

「うん？　まあ、そういうこともあり得るな」

「そのときは、可愛い三毛猫が効力を発揮すると思いますけど」

「なるほど。では、ホームズさんにも同行願えるかな？」

「ニャー」

と、ホームズが答えた……。


「申し訳ありません……」

まだ大分弱々しい声で、水科拓郎が言った。

「パパ、何もしてないんでしょ」

と、亜矢が言った。「それなのに、死のうとか言い出して……」

「すまん」

と、ベッドで水科は小さく肯いた。

「有田文江ちゃんと会ってはいたわけですね」

と、片山は言った。「この間の話に何か付け加えることは？」

片山は水科拓郎の病室へやって来ていた。

「特に……ありません」

「そうですか。しかし、なぜ一家心中しようなんて……」

「今思えば、馬鹿でした。でも、あんな若い女の子と付合っていただけでも恥ずかしいことで……」

「だからって、ママや私まで」

「うん。全くだな。俺一人が死ねば良かった……」

「馬鹿言わないで！　私とお母さん、どうやって食べてくの？　お母さんなんか、仕事できないだろうし」

娘に叱られて、シュンとしている水科だった。

「僕にも責任があります」

と、片山は言った。「もっとお話をする場所を慎重に選ぶべきでしたね。たぶん同じ社の方が——」

「ええ。誰だったかも分ってます」

と、水科は言った。「私たちの話は、ほとんど同時中継で社内へ伝わってたようです」

「そうでしたか」

「当人は悪気がなくて、あっさり、『ごめんなさいね』と謝ってくれましたよ。『でも、水科さんが犯人だなんて言ってないけど』ってね」

水科は苦笑した。

「まあ——確かにあなたも少々軽率だったと思いますが、何も死ななくたって……」

「そうですね。ただ、マスコミがワッと押しかけて来て、表に陣取って動こうとしない。出て行くと、何を言っても聞いてくれなくて、『文江ちゃんとは肉体関係があったんですか？』とか『キスしたんですか？』とか……。何だか絶望的な気分になってしまって」

「分りますが……。じき、忘れますよ」

「ええ。でも会社は……クビでしょう」

「それより、水科さん、あの夜、誰か怪しい人間を見ませんでしたか？　思い出したことがあれば話して下さい」

「そうですね……。今はこうして寝てるしかないので、ゆっくり思い出してみましょう。

亜矢、ごめんな」

「今度だけは許してやる」

と、亜矢は言った。「他の子におごるお金があったら、私のおこづかい上げて！」

——病室を出ると、片山は亜矢に、

「お父さんの会社へ行って話して来るよ」

と言った。

「片山さん——」

「何と言っても、僕にも責任があるからね」

「ありがとう」

と、亜矢が差し出した手を、片山は握っていた。

そして、ふと思い付いたように、

「君のお父さんと、有田文江ちゃんの間も、こんな風だったのかもしれないな」

と言った。

「え？」

「いや、僕は今、十四歳の女の子の手を握った。そのことだけ取り上げられたら、文句を言われても仕方ない」

「でも……パパは文江ちゃんと何度も会ってた」

と、亜矢は目を伏せて、「パパを信じたいけど、本当に文江ちゃんと何《ヽ》も《ヽ》なかったのかなあ」

「お母さんも、それを疑ってたんだね」

「きっとね。文江ちゃんは大人びてて可愛かったし、パパにも下心がなかったとは思えない。お母さんは、きっと二人の間に何《ヽ》か《ヽ》あったって信じてたんだと思う」

「心配しなくても、きっとパパとママはやり直せるよ」

根拠はなかったが、片山はそう言って微笑んだ……。

14　足音

「それで、どうなんだ」

と、古村は言った。

「——何が？」

桑野弥生は柔らかいステーキをせっせと食べながら言った。

「だから、TVの仕事をすることについてさ。名取じゃ大したことはできない。俺に任せないか」

弥生はステーキの最後の一切を口に入れてから、

「今日はご飯を食べるだけ、って約束よ」

と言った。「仕事の話はしないで」

「分ってるが……」

と、古村は渋い顔をした。

「自分で言ったことには責任持って」

「分ってる。ただ――」

「TVも、約束したからにはちゃんとやる。でも、その前に舞台があるわ」

「TVの仕事が増える。それは断言してもいい」

「舞台が優先。スケジュールが合わなければ、TVは断るわ」

と、弥生は言って、「ごちそうさま！　デザート、ついてるのよね、これ」

フレンチの店。TV関係者がよく利用するレストランである。

古村も、時々他の客と挨拶を交わしていた。

「デザート、お願い」

と、弥生はウエイターに声をかけ、「それとコーヒーね」

「なあ、少し将来のことも考えたらどうだ？」

と、古村が言った。「〈劇団Z〉が、公演で黒字になるなんてことはまずない。君はTVで人気者になれば、舞台でも主役ができるぞ」

「どんな舞台？　テネシー・ウィリアムズやハロルド・ピンターじゃないでしょ」

「それはそうだが……」

「私は演劇がやりたくて役者になったの。もちろん、TVが悪いわけじゃないわ。でも、TVで慣れてしまったら、舞台には戻れない。それはいやなの」

古村はため息をついて、

「意外と頑固なんだな、君は」

「あてが外れてごめんなさい」

と、弥生はアッサリと言って、「ここ、払いましょうか？　自分の分だけだけど」

「いや、これは局の経費につける」

と、古村は言って、「じゃ、俺は用があるんで先に出る。ゆっくり食べてけ」

と立ち上った。

「あら、デザートは？」

「いらん。何なら君が食べろ」

「じゃ、二人分いただきます」

と、弥生はニッコリ笑って、「ごちそうさま」

言った通り、弥生は二人分のデザートを平らげ、

「二人分でちょうど良かったわね」

と言った。

コーヒーはさすがに「二人分」は飲まず、明日は稽古があるので、レストランを出た。

食事の間にワインも飲んでいるので、いささか酔って顔がほてっている。

外へ出ると、風が冷たかったが、その冷たさが心地良く感じられた。

レストランは住宅地の中にあって、もう十一時を過ぎた夜道は人気《ひとけ》がなかった。

弥生のケータイがバッグの中で鳴った。

「——もしもし。晴美？　——うん、今、外を歩いてる。——大丈夫。少し酔ってるんでね。歩いててちょうどいいの」

「デート？」

と、晴美が訊く。

「残念でした。あの古村ってプロデューサーよ。晩飯おごらせてやった」

「やるわね。TVの話？」

「そう。食事はおいしかったわよ」

晴美は笑って、

「弥生らしいわ」

「へへ……。何か用だったの？」

「今度のお芝居のこと。稽古のスケジュールって前もって分るの？」

「たぶんね。——でも、一旦稽古に入ったら毎日だと思うわ。それも夜遅くまで」

「そうか。そうでしょうね」

「でも、ホームズちゃんはセリフがあるわけじゃないし、毎日参加しなくてもいいんじゃない？」

「そうか。それなら助かるわ」

と、晴美は言った。「何か捜査上でホームズが必要なこともあるからね」

「凄い猫ね、本当に」

と、弥生は笑ったが——。

弥生はちょっとバッグを持ち直すので足を止めた。すると……。

「——もしもし弥生？」

「晴美」

と、また歩き出しながら、「誰かが尾《つ》けて来てる」

「え？」

「後ろで足音が」

「姿が見えた？」

「チラッと見たけど、この道、暗いの。でも、誰かいるのは分る」

「同じ足取りでついて来てる？」

「そうみたい」

「まだ離れてる？」

「うん。——七、八メートルかな」

「弥生……」

「どうしよう？　駆け込めるような建物、ないんだ、住宅地で」

「落ちついて。用心に越したことはないわ」

「刺されたくないもんね」

「弥生。今、どんな靴はいてる？」

「ハイヒールじゃないけど、少し高い」

「走れる？」

「この靴じゃ無理ね」

「道は舗装されてる？」

「うん、きれいだわ」

「じゃ、靴を脱いで走って」

「スカートが――」

「靴は脱ぎ捨てて。スカートを思い切りたくし上げて走るのよ。あなた陸上部だったでしょ」

「うん、地区大会で優勝した」

「じゃ、やってみて。このケータイ、切らないで。追いつかれそうになったら、それで殴れば」

「そうね。――じゃ、やるか」

「弥生なら大丈夫。ただ、少しでも広い通りへ向うのよ」

「うん、分ってる」

弥生は大きく息を吸い込むと、道の街灯の明りの下を通り過ぎて、暗くなった所で、手早く両方の靴を脱いだ。そして、

「行くよ」

と、ケータイに向って言うと、両手で思い切りスカートを引張り上げ、一気に駆け出した。

一瞬、間を置いて、後ろの足音も走り出したのが分った。

昔、トラックを全力疾走したときの感覚がよみがえって来た。——負けるもんか！

道の先に、明るく横切って行く車の流れが見える。あそこまで行けば——。

後ろの足音は一旦近付いて来たが、また離れて行った。

——やった！

広い通りへ出た。会社帰りの男女が数人、歩いているところへ、危うく横から突っ込むところだった。

空車が来る！

弥生は力一杯手を振って、タクシーを停めると、急いで乗り込んだ。

「真直ぐやって！」

と、喘《あえ》ぐように息をしながら言った。

タクシーが走り出すと、すぐに自分の走って来た道へ目をやった。

チラッと人影が見えたが、足を止めている。弥生がタクシーに乗るのを見て諦《あきら》めたのだろう。

しかし、暗い影の中で、見分けはつかない。

弥生は大きく息をついて、ケータイを持ち直し、

「晴美」

「弥生、大丈夫？」

「うん。タクシーに乗った」

「良かった！」

「追いかけて来たけど、逃げ切った」

「よくやった」

「でも――くたびれた！」

今になって、汗がふき出して来る。

運転手が、

「どちらへ？」

と、呑気な声で訊いた。

「この道だね」

と、片山は言った。

「ええ」

と、弥生が肯いて、「そこのレストランを出て、向うへ歩いて行ったんです」

昼間、明るい日射しの下では、全く別の道のように見える。

「よし、じゃ、この道を辿ってみよう」

片山について、晴美とホームズも歩き出した。

弥生がここで誰かに尾《つ》けられたのは、他の事件と関係ないかもしれない。しかし、同じ犯人という可能性もないことはない。

だから、その「誰か」が、夜道で何か落とすか、痕跡《こんせき》を残していないかを調べに来たのである。

「——どこの辺りで、尾けられてることに気付いたの？」

と、晴美が訊く。

「それが……暗かったから、はっきりしないんだけど。たぶん、この辺じゃないかな」

「靴を脱いで駆け出したのは？」

「街灯を一つ通り過ぎて、暗がりに入ってから。靴を脱いでるのを見られたくなかったから」

「その街灯？」

「たぶん……。もう一つ先かな」

と、弥生は考え込んでいたが——。

ホームズが、道の端の雑草が生えている辺りへ寄って、「ニャー」と、声を上げた。

「ホームズ、何か見付けた？」

晴美が駆けて行き、「弥生！　靴がある」

「え？」

弥生も急いで走って来る。

「あなたの？」

「そう！　良かった！　でも片方だけ？」

「待って」

と、片山が言った。「触らないで。もしかしたら、犯人がつかんでそこへ投げ込んだのかもしれない」

「もう片方はどうしたのかしら」

と、晴美があちこち見て回っている。

「この靴、返してもらえるかしら」

と、弥生が言った。

「調べが終ったらね」

と、片山が言った。

「でも、片方だけじゃ、どうせはけないか」

と、弥生は首を振った。

「ともかく、この靴を調べよう」

片山はポケットから出したビニール袋にその靴を入れた。

「もう片方を捜してみましょ」

と、晴美は言った。

その辺を手分けして捜したが、靴のもう一方は見付からなかった。

「誰かが持って行ったとか？」

と、弥生は言った。

「ニャー」

と、ホームズは、靴のあった茂みの方を見て鳴いた。

「――そうね」

と、晴美は言った。「弥生、靴を脱いで投げ出したとしても、あんな所まで飛んで行く？」

「それはないと思うわ」

と、弥生は思い出しながら、「靴を脱いで、その場に落とした。そして駆け出したの。わざわざ遠くへ投げたりしない」

「すると、その尾けていた人間か、他の誰かが靴を投げたんだな」

と、片山は言った。

「他の誰かって？」

「うん……。よく分らないけど」

「ゴミと思って拾ったんだとしても、片方だけ、あんな所へ捨てていかないわよ」

「そうだな」

「やっぱり、弥生を尾けてた人間のやったことだと思うわ」

「片方だけ持ってったのか？」

「何か理由が？」

と、弥生が言った。「靴を集めるのが趣味なのかしら」

すると——ホームズが、晴美の靴にピョンと飛びのった。

「ホームズ、危いわよ！　びっくりした。転んじゃうところだわ」

「おい！」

と、片山が言った。「もしかすると……」

「何よ？」

「弥生君が走り出すのを見て、そいつは焦っただろう。自分も駆け出す。しかし、脱いだ靴は暗い所に落ちていた」

晴美がアッと声を上げ、

「犯人は、弥生の靴につまずいたのね！」

と言った。「だから、弥生はうまく逃げ切った」

「そうかもね」

と、弥生は肯いた。「それで、私がタクシーに乗って行ったんで……」

「犯人はここへ戻って来て、自分のつまずいたものを見る。そして、腹が立って、片方を茂みへ放り投げた」

と、片山は言った。「そしてもう一方は……」

「つまずいた方の靴を持って行ったのよ。手掛りになりそうだったから」

と、晴美は言った。

「靴が手掛りに？」

弥生が目を丸くしている。

「片方の靴につまずいたことで、犯人は転んだかもしれない。膝《ひざ》か手や肘《ひじ》にすり傷でも作っていたら……」

「その血が靴についていたら、犯人が分るわね」

「この残った片方も、よく調べてみよう」

と、片山はビニール袋を持ち上げて、「気が付かないで投げたかもしれないからな」

「持って行った方は――」

「たぶん、自分の靴の泥や何かの痕《あと》がついていると心配したんだろうな」

と、片山は言った。

「もし、靴に全く気付かないで、つまずいたとしたら……」

と、晴美が言った。

「ニャー」

「そうだ。かなりの勢いで転んだ可能性もある。けがをするか、足を挫くかしたとしたら……」

「まずは、周囲の関係者に、けがした人がいないか、調べてみた方がいいわ」

「そうしよう」

「昨日、あのレストランで会ってたのは、古村なのね？」

と、晴美が弥生に訊いた。

「ええ」

「すると――レストランを出る弥生君を表で待っていて、後を尾けたのかもしれない」

「そうかしら。そんな所で何か起ったら、レストランの人も証言してくれるだろうし、すぐ疑われると分ってたでしょ」

「古村は先にレストランを出たわ」

と、弥生は言った。

「ともかく、あのレストランで食事することを誰が知っていたのか、だな」

と、片山は言った。「心当りは?」

「さあ……。私はあんな高級店、知らないわ」

と、弥生は言った。「前もってお店の名前も聞いてなかった。タクシーで連れて来られただけ」

「すると、古村から聞いた誰か、ってことか」

「古村に話を聞いた方がいいわね」

「そうだな。古村が足首を痛めてないかも見てやろう」

片山は肯いて、「古村はKテレビにいるのかな」

「さあ……。プロデューサーなんて、ほとんど外出してるみたい」

「ともかく連絡してみよう」

「待って」

と、弥生が言った。「私が『会いたい』ってかけたら、きっとすぐ飛んで来るわ」

「それ、いいわね」

「でも、いいのかい？」

「メールするわ。何時にどこそこへ来て、って。それだけなら、待ってるのが片山さんでも嘘にならないでしょ」

片山も笑うしかなかった。

弥生が、古村のケータイへメールすると、すぐに返信があった。

「〈必ず行く〉って！」

「じゃ、そこへ行って待っていよう」

と、片山は言った。「晴美、どうするんだ？」

「今日は稽古があるの」

と、晴美が言うと、ホームズも、

「ニャー」

と鳴いた。

「古村さんによろしく言って」

と、弥生が言った……。

15　事　故

「よし、そこは三人で同時に立ち上る」

と、土方が台本を手に言った。「いいな。パッと弾かれたように立つんだぞ」

「はい！」

と、声を揃えて答えた三人の中に、安東マリエも入っていた。

「よし、もう一度」

土方が合図すると、奈緒が進み出て、ドアに見立てた木の枠を開けるふりをして入って来る。

ソファに座っていた三人がパッと立ち上った。

「待たせたわね」

と、奈緒が言った。「先生方の間でも、色々意見が分れたの」

「それで、どうなったんですか？」

と、マリエが言った。

「結論から言うと、退学一名。他の二人は停学処分」

「そんな……。三人とも同じことしたのに」

「日ごろの態度が、こういうとき、ものを言うのよ」

「退学は私ですか」

と、マリエが訊く。

「どうしてそう思うの？」

「私は編入生ですし、この三人の中では一年上です」

「先生方は公平よ。――いいでしょう。座って。処分については、もう決定で、変更の余地はありません」

三人の少女は息をのんで、じっと奈緒の言葉を待っている。

「私としては――」

と、奈緒が言いかけたとき、

「先生！」

と、駆けつけて来たのは、副田百合だった。

「どうしたの？」

「今、連絡があって――」

そこへバタバタと足音がして、

「土方先生！」

若い劇団員が駆けて来た。

「おい、何だ！　邪魔する奴があるか！」

土方が怒鳴った。

「すみません！　でも……」

「どうしたんだ？」

「今、〈K美術〉から電話があって、製作中の装置が崩れてけが人が……」

「何だと？　今度の舞台のか？」

「そうです。あの——手伝ってくれてた久野さんが、下敷きになって……」

百合が短い悲鳴を上げた。

「そんな……」

「行ってみよう」

と、土方が言った。「どうせすぐ近くだ」

「先生、私も」

と、百合が言った。

「ああ、一緒に来い」

と、土方は肯いて、「休憩だ！　少し休んどけ」

と、他の劇団員へ言った。

「私も一緒に」

と、晴美が言った。「ホームズ、おいで」

「ニャー」

弥生もついて来ることになった。

〈K美術〉は、広い倉庫のような建物の中で、舞台や映画のための装置を作っている。

土方たちが駆けつけると、救急車がちょうど建物の前に停ったところだった。

「久野さん……」

百合が真青になっていた。

中へ入ると、

「土方さん、申し訳ありません！」

と、かなりの年齢の作業服を着た男が頭を下げた。「用心していたんですが……」

「久野さん！」

百合が、倒れてバラバラになった装置へと駆け寄る。

「ああ……。すまないね」

久野は救急隊員の手で担架に移された。

「どうなの？」

「大丈夫。――脚の骨がやられたかな。大したことないよ」

久野は額に汗をかいていた。

「私もついて行くわ」

「稽古があるだろ。僕は大丈夫」

「でも……」

「こんなことで参ってたら、ADはつとまらないよ」

久野は百合の手を握ってニヤリと笑った。

「じゃあ……後で病院に」

「うん、分ってる」

久野は救急車に乗せられて、すぐに運ばれて行った。

「大丈夫？」

弥生が百合の肩に手をかけた。

「ええ……。良かったわ、そうひどくないみたいで」

晴美とホームズは、崩れた装置のそばへ寄って眺めていたが……。

「――ちゃんとボルトでとめてあったんですがね。どうして崩れちまったのか……」

「作り直せるか？」

と、土方が訊いた。

「もちろんです。必ず間に合わせます」

「よろしくな。しかし、けが人を出さないでくれよ」

土方は、晴美の方へやって来ると、「どうしました？」

「いえ……。これって事故なんでしょうか」

「何か怪しいところが？」

「そういうわけでは……。〈劇団Z〉の公演を妨害しようという人間がいるかもしれない、と思ったんです」

と、晴美は言って、ホームズが何かの匂《にお》いをかいでいるのを眺めていた……。

喫茶店に入って来ると、古村は中を見回して、少しがっかりした様子だった。

しかし、すぐに片山がいることに気付いて、

「これは刑事さん」

「お待ちしてました」

と、片山は言った。

「しかし……」

「ええ、弥生さんからメールが行ったんでしょう」

「つまり……」

「僕は代理で来ました」

古村はため息をついて、

「やれやれ……」

と、向いの席に座る。「うまくいき過ぎてると思った」

「ゆうべ、弥生さんと食事しましたね」

「ええ。――おい、コーヒーだ」

と、仏頂面で注文した。

「その帰り、弥生さんは何者かに尾行されたんです」

「尾行？　――まさか、彼女に何か……」

「弥生さんは逃げ切りました」

「それは良かった」

「その人間は、弥生さんがレストランから出て来るのを待っていたらしいんです」

「というと……」

「弥生さんと食事するレストランのことを、誰かに話しましたか」

古村は渋い顔で、

「誰にも言ってないですよ」

と言った。

「確かですか」

「ええ、いちいち食事に行く店の名前まで……」

と、古村は言いかけた。

そして言葉を切ると、ちょっとぼんやりした表情になった。

「――古村さん、どうしました？」

片山に訊かれて、古村はハッと我に返ったように、

「いや、何でも……」

「何か心当りが？」

「そうじゃありません。どうだったかな、と考えてたんです」

「で、何か思い当ったことは？」

「いいえ、やはり誰にも話していませんよ」

「確かですか」

「ええ。つい昨日のことだ。話してれば憶えてますとも」

と言って、古村は取ってつけたように笑った。

コーヒーが来て、古村が飲み始めると、ケータイが鳴って、古村は仕事の打合せらしい話をすると、

「いや、失礼。ちょっと急な用事ができまして。これで……」

「どうも。弥生さんは今日から稽古で大変なようですよ」

「ああ、次の舞台ですな。安東マリエが出るとか聞きました」

「よくご存知で」

「TV局には色んな人間が出入りしますからね。安東マリエはもちろん主役級でしょうね？」

「いや、これからの稽古次第のようですよ。ちゃんと名前のある役が付くかどうか、分らないと言ってました」

「そこは土方さんも商売だ。マリエのファンを呼びたいでしょう」

と、古村は言って、コーヒーを一気に飲み干すと、立ち上った。「では、これで。コーヒー代は私が――」

「ではご自分の分だけ払って下さい」

と、片山は言って、古村が喫茶店を出て行くのを見送った。

片山はケータイで石津へかけた。

「石津、どこだ？」

「外です。今、古村が出て来て、地下鉄の方へ歩いて行きます」

「後を尾《つ》けろ」

「分りました。もうついていますから」

明らかに、ゆうべのレストランのことを、古村は誰かに話している。

誰にも言っていない、と答えてから、そのことを思い出し、果して片山に話したものかどうか、一瞬迷った。そして、結局片山には話さないことにしたのだ……。

古村に誰から連絡が来て、誰と会うのか。石津はその相手を見定めようとしていた。


「どう？」

ベッドで少し身動きして、久野が声を上げたので、百合は覗き込むようにして言った。

「ああ……。君か」

「痛み止めで眠いでしょ」

「ボーッとしてるよ。ま、もともとかな」

「まあ」

と、百合は笑って、「その元気なら大丈夫ね」

「君……稽古は？」

「ちゃんと出てるわよ。今日は土方先生が出かけてるの。夕方から稽古だわ」

「じゃ、もう行ってくれ」

「大丈夫。まだ時間があるわ」

「しかし……ドジだった」

「どうしてセットが倒れたか、分らないって、先方は」

「ああ。——僕も、触ってなかった。どうしてあんな……」

「誰かが、わざと倒したとか？」

「何のために？」

「さあ」

　と、百合は肩をすくめた。

「ともかく、せっかく頼まれたのに、役に立てなくなっちゃったね」

「仕方ないわよ。それに公演まで、少し時間があるわ」

「ああ、確かに。医者の話だと、そうひどくないってことだったから、本番のころには手伝えるかもしれないよ」

「無理をしないで。——少し眠る？」

「ああ……。何だか、TVのADなんて、年中寝不足だからな。一旦こうして寝込むと、いくらでも眠れるよ」

「じゃあ、眠るといいわ。私、もう行くから」

「うん。しっかりね」

「安東マリエちゃんも張り切ってるわ。どの役になるか、まだ分らないけど」

「いい経験だろ、あの子には」

「じゃ、また来るわ」

百合は久野の額に軽くキスして、「そう願うわ」

「うん」

手を振って百合は病室を出た。

医師から、久野のけががそれほどひどくないと聞いたとき、百合は思いがけず涙が出て、自分でもびっくりした。

安堵感で泣くなんて……。

百合は、久野を愛している自分を、さらにはっきりと意識した。

TV局のADと？　結婚しても、ほとんど毎夜、帰りが夜中という生活だろう。でも、それだっていい。百合も役者なのだから、どうせ不規則な暮しだ。

「いやね」

と、百合は苦笑した。

まだ正式にプロポーズされたわけでもないのに。気の早いこと。

「私、どうしちゃったんだろ」

まるで初恋にときめく少女のようだ……。

エレベーターで一階へ下りて行くと、

「あ、晴美さん」

晴美がホームズをバッグに入れてやって来たのだ。

「久野さん、どうです？」

と、晴美が訊く。

「ええ、幸いなことに……」

百合の説明を聞いて、晴美は、

「良かったですね！」

と、ニッコリ笑った。「じゃ、今は邪魔しない方がいいですね」

「あ……。すみません。今、眠ると言ってたので」

「いいんです。大したことなくて、良かったですね」

「ええ、本当に」

百合は少し頰を赤らめた。「これから稽古場に行きます」

「じゃ、ご一緒に」

百合は、晴美とホームズと共に、今日の稽古場へと向った。

16　前夜

「〈劇団Z〉の稽古場に来ています。明日初日を迎える、『冬の光』の稽古がまだ熱く続いています」

ＴＶ局のリポーターの女性が、マイクを手にカメラに向って話している。

「注目のこの舞台には、安東マリエちゃんが出演しているんです！」

ワイドショーで話題になるのは、何といってもマリエなのだ。

もちろん、土方や桑野弥生も、大分ＴＶで顔が知られるようになって来たが、それでも大部分の視聴者には、

「顔は見たことあるけど、名前は知らない」

という存在。

「――よし、休憩」

と、土方が言った。

役者たちは、そう動きは激しくなくても、みんな汗をかいている。

「〈劇団Z〉の代表、土方冬彦さんがおいでです。お話を伺ってみましょう」

と、リポーターの女性は、土方の方へ歩み寄ると、「お疲れさまです。〈午後ワイド〉のリポーターですが」

むろん、土方も承知しているので、

「ああ、どうも」

と、そういやな顔もせずに立ち止る。

「いよいよ明日初日の『冬の光』ですが、手応えはいかがですか」

「まあ、やれるだけのことはやっています。後は本番で実力以上のものが出せればいいのでね」

「期待できますね。ところで、今回の公演には、安東マリエちゃんが参加しているそうですが」

「ええ。舞台をやってみたいという本人の希望もあってね」

「マリエちゃんからも話を伺いたいですが、土方さんから見てどうですか、マリエちゃんの演技は？」

「そう……。初めてのことだから、なかなか思い通りにはいかんだろうが、懸命にやってますよ」

「マリエちゃんの役はどんな役なんですか？」

「女子高生です。やむを得ない事情で校則を破って、問題になる生徒の一人で」

「そうですか。見せ場というと……」

「さあ。当人に訊いてくれ」

と、面倒くさくなったのか、土方は言って、

「おい、マリエ！」

と呼んだ。

「はい！」

マリエが飛んで来て、土方は入れかわりにさっさと行ってしまった。

少し離れて眺めていた奈緒が苦笑して、

「愛想のない人ね」

と言った。

「でも、スポンサー捜しに回ったんでしょ」

と、晴美が言った。

「弥生ちゃんを連れてね。一人だったら、スポンサーなんて見付からなかったでしょう」

――マリエはタオルで汗を拭きながら、リポーターの質問に答えていた。

「発声の仕方から、何もかも教えてもらってます。本当に楽しい！」

マリエの目は輝いていた。

「マリエちゃんの役は、主役と言ってもいいんですか？」

「とんでもない！　でも、ちゃんと名前のある役です。本当なら、〈女生徒A〉くらいですけど、土方先生が特にやらせて下さってるんです」

と、マリエは言った。

聞いていた晴美が、

「チケットの売れ行きってどうなんですか？」

と、奈緒へ訊いた。

「そうですね。マリエちゃん効果っていうほどのものじゃないけど、いつもより二割くらいは多いですね」

「そうですか」

晴美の足下で、「ニャー」と声がした。

「ホームズ効果はちょっと無理よ」

「ニャー」

ホームズが心外という声を上げた……。

「え？　私も招待してもらえるの？」

松下唯の目が輝いた。

「ああ。土方さんから、晴美が聞いて来た。明日の『冬の光』の初日にご招待だって」

と、片山が言った。

「やった！」

唯は握り拳《こぶし》を突き上げて、「パフェ、もう一つ食べよ。片山さん、どう？」

「胸やけするよ」

と、片山は苦笑した。

学校帰りの松下唯と、パーラーに入っている片山である。

「まだ犯人の目星がつかない。——こっちはお芝居どころじゃないんだがね」

と、コーヒーを飲みながら言った。

「あら。〈劇団Z〉のお芝居から、何か手がかりが閃くかもしれないわよ」

「確かにね」

片山は肯いて、「事件のことばかり考えてると、却って大切なことを見落とすかもしれない」

「お芝居の初日なんて、嬉しい。安東マリエも出るんでしょ？」

「そうらしい。ホームズもね」

「必見ね」

と、唯はご機嫌だ。

学校を停学処分になったが、捜査一課の栗原課長のおかげで処分も解かれ、まだ片山とのランチの約束も残っているし、加えてお芝居の招待である。

「今年はいい年だ！」

と、上機嫌な唯だった。

石津が古村を尾行したものの、どうやら古村の方が用心深かったらしく、手がかりらしいものにつながらなかった。

晴美とホームズは、〈劇団Z〉のお芝居の方に熱中しているし……。

全く、こっちの身にもなってくれよ！

と、心の中で呟いた――つもりだったのだが……。

「可哀そうね、片山さん」

と、唯が言った。

「え？」

「誰も片山さんの苦労を分ってくれないの？」

「どうしてそんな……」

「今、『こっちの身にもなってくれ』って言ったじゃない」

「え？　そんなこと言ったのか？　いや――それは心の声で――いや、別に深い意味があるわけじゃなくて……」

「私がいるわ！　私はいつも片山さんの味方よ」

と、身をのり出す。

片山はあわてて手を振って、

「僕のことより、君は高校生として、学業と恋愛に励むべきだ！」

と言ってしまった。「あ——いや、恋愛は取り消す！」

「言ってしまったものは、もう戻せないのよ。私の片山さん！」

「僕は君の片山じゃない」

と、汗を拭いて、「ともかく明日の初日だけど、待ち合せはどうする？」

と、焦って話を変える片山だった。

「あら、課長さん」

と、唯が言った。

「課長って、どこの課長？」

と、片山が訊く。

「あなたのよ」

「え？」

パーラーの入口へ目をやって、片山はびっくりした。栗原が入って来たのだ。

「やあ」

「課長！　どうしてここが分ったんですか？」

と、片山が訊くと、

「それぐらい推理して」

と、唯がいたずらっぽく言った。

「君が知らせたのか」

「ええ。だって、栗原さんも、明日の初日に行くって言ってたから」

「課長……」

「それにな」

栗原は二人のテーブルに加わって、「俺はこの子と相談がある。画家とモデルとしてな」

と言った。

「捜査が一段落してからでも……」

「芸術は犯罪に優先するのだ」

意味が分らない！　――片山はため息をついた。

どうやら、栗原は唯のことがすっかり気に入ってしまったらしい。唯にすすめられるままに、かなりのボリュームのクレープを注文している。

「——そうか。唯ちゃんも明日の初日に招待されているのか」

と、友だち扱い。

「嬉しいな。片山さんと栗原さん二人に挟まれて、お芝居見られるなんて」

唯はうまい具合に栗原の気持をくすぐっている。

「どうだ、片山」

と、栗原は何とか平然と甘いクレープを食べながら、「明日は会場に事件関係者が集まるだろう」

「はあ……」

「そこで得意の謎ときをやって、犯人を暴くというのはどうだ？」

「どうだ、って言われても……」

「わ、すてきだわ！」

と、唯が手を打って、「名探偵片山義太郎登場！　TV生中継する？」

「あのね、本当の捜査はそんなものじゃないんだよ」

「分ってる。冗談よ」

今の子はどこが子供でどこが大人か分らない……。

「しかし、セットが崩れたんだろ」

と、栗原が言うと、

「何の話？　教えて！」

と、唯が片山をつつく。

「ああ、明日の『冬の光』の舞台装置が倒れてね、手伝いに来てたADの久野さんがけがした」

「それって、故意に仕組まれたの？」

「いや、分らない。まあ〈劇団Z〉はどこかで絡んでるかもしれないけどな」

「桑野弥生さんが誰かに追いかけられたんでしょ？」

「よく知ってるね。その犯人が……」

「有田文江さんを殺した？」

「そうとは限らないがね。しかし、その可能性はあるから」

「でも、文江さんは十五歳だったでしょ？　桑野さんは大人の女優さん。――大分違うみたいだけど」

唯の言葉を聞いて、栗原が愉快そうに、

「おい、片山。うかうかしていると、この子に名探偵役を持って行かれるぞ」

「課長、変なことを面白がらないで下さい」

と、片山は栗原をにらんだ。

「うん、そうだ。唯ちゃんにシャーロック・ホームズの格好をさせて、パイプをくわえさせるってのはどうだ？　その格好で絵を描かせてくれたら面白い」

「それって渋い！　大賛成！」

二人ですっかり盛り上っているのを、片山はため息をつきつつ眺めていた。

それにしても……。

確かに唯の言う通り、有田文江と桑野弥生を、犯人が同じ動機で狙うとは考えにくい。

では、どうなるのだろう？

文江の場合は通り魔的な犯行。弥生は何かはっきりした目的があって狙われた、と考えるのが普通だろう。

「──明日、私どんな服装で行こうかな」

と、唯はうきうきした様子で言った。


Sホールの客席と舞台に照明が入った。

「いよいよね」

と言ったのは、土方の妻、奈緒だ。

「ああ。いつもと同じ初日だが、どこかいつもと違うな」

土方が客席から舞台を眺めた。

舞台上には、古風な作りの居間のセットが組まれていた。

「おい！　誰かいるか！」

と、土方が呼ぶと、袖から初老の男が出て来て、

「何かご用で？」

「すまんが、セットを回してくれるかね？」

と、土方が言うと、

「いいですよ。ちょっとお待ちを」

と、袖へ引込んで行く。

少しして、舞台がゆっくりと回り出した。

「いいぞ」

回り舞台の設備も、古くなると回るときにガタついたり、モーターの音が聞こえてしまうことがある。

しかし、Sホールの回り舞台はまだ新しく、動きもスムーズで、静かだった。

グルッと回って現われたのは学校の教室のセット。

「椅子がきれいに並び過ぎてるな。明日、少し動かそう」

と、土方は奈緒の方へ、「憶えといてくれ」

「ええ、分ったわ」

奈緒は、そういう点、夫のよき助手でもある。少なくとも芝居に関しては決して忘れ

ることがない。

「うん。客席からちゃんとセットの隅々までよく見えてる」

と、土方は安堵したように言った。

初めは三つのセットを使うつもりだったが、経費の問題もあり、二つになった。

「ありがとう」

と、土方は言った。「元のセットに戻してくれ」

また回り舞台が回って、初めの居間のセットになる。

「あなた」

と、奈緒が言った。「少し残ってる？」

「ああ、そうする」

土方が肯く。

奈緒は夫のことがよく分っていた。本番の初日前には、こうして劇場にやって来る。

そして、一人でその空気を吸い込むのである。

「じゃ、先に帰ってるわ」

と、奈緒は言って、「あんまり遅くならないでね」

土方は答えなかったが、奈緒も彼が初日に寝不足で臨むような男でないことはよく分っていた。

奈緒が一人、Sホールを出て行く。

「まだいますか?」

と、係の男が姿を見せた。

「ほんのしばらくだが、いいかね」

「ええ。帰りに、窓口に声をかけて下さい。照明もそのままでいいですから」

「すまんね」

「いいえ。――劇団によっちゃ、初日の前の晩、徹夜で稽古してますからね。ありゃ参りますよ」

「ご苦労さん」

と、土方は笑って言った。

一人になると、舞台へ上って、客席を見渡す。

いつも、初日の前は不安だ。土方ほどのベテランでも、「うまく行くだろうか?」と悩むのである。

考えれば、色々もの足りない所が出てくる。

あそこはもっと突きつめておくんだった。あの出は芸がない。何か工夫するべきだった……。

考え出すときりがない。

数え切れないくらいやって来たことだが、今も「ベテラン」にはなり切れないのである……。

「明日はよろしく頼むぜ」

と、土方は目の前のセットに声をかけた。

すると——。

セットがゆっくりと回り始めたのだ。

「おい……」

土方はびっくりして目を見開いていた。

回り舞台が回って、教室のセットが現われると、

「こちらこそよろしく」

「弥生……」

桑野弥生が教室の椅子に座っていたのである。

「意外な登場でしょ、先生？」

「全くだ」

と、土方は笑った。「何しに来たんだ？」

「団員の人に聞いたんです。先生、初日の前日に、必ず舞台を見に来るって」

「必ずってわけでもない。そんな余裕がないことだってある」

「でも、今日は来てる」

「まあな。この回り舞台を——」

「係のおじさんから動かし方を聞いたの」

と、弥生は言った。「先生と二人きりになりたくて」

「おい、俺は自分のとこの役者に手は出さない」

弥生は土方の方へ真直ぐに歩いて来ると、

「何ごとも初めてってあるものよ」

と言って、土方の首に手を回し、キスした。

「弥生——」

「奈緒さんに申し訳ない？」

「それもあるが……」

「なあに？」

「初日を前に、腰を痛めたくない」

弥生はちょっと目を見開いて、それから笑った。カラッとした笑いで、「この先へは行かない」と言っている笑いだった。

「残念だわ。せっかく下着まで新品にしたのに」

「残念だったな」

「いいわ！　誰か若い役者と寝ちゃおう」

「この公演が終ってからにしろ」

「役者馬鹿って言うの、こういう人？」

「馬鹿でなきゃ、役者なんかやってられるか」

そのとき——回り舞台がまた動き始めた。

「何だ？」

「私、いじってないのに……」

再び居間のセットが現われて来る。

だが、そのとき、場内の照明が消えて、真暗になった。

「先生——」

「手を握ってろ」

土方は、弥生を後ろへやって、「——誰だ！」

と、声をかけた。

回り舞台が止って、足音がした。

「明りが……」

「待って」

弥生がケータイを取り出して、電源を入れた。バックライトが、正面の男を照らし出した。

「古村！」

古村は手にしていた赤外線カメラを下ろすと、

「よく思い付いたな」

と言った。

「古村、何のつもりだ」

土方は、古村の手に拳銃が握られているのを見て、目をみはった。

銃口は真直ぐ土方へと向いていた。

「何するの！」

と、弥生は叫んだ。「やめて！」

古村は無表情に拳銃を構えて、

「死ぬのは土方だけだ」

と言った。

「古村――」

と、土方が言いかけたが、

「話は無用だ」

と、古村は言って、拳銃を握り直した。「覚悟してもらおう」

引金を引く。——が、その寸前、弥生は土方の背後から飛び出して、土方の前に立ちはだかった。

「弥生！」

と、土方が叫ぶのと、拳銃が火を噴くのと同時だった。

銃声がホールに響き渡る。——そして、明りが点いた。

「どうしました！」

係の男がホールへ駆け込んで来た。

「何でもない」

と、土方が力強い声で言った。「大丈夫だ。明りは点けといてくれ」

弥生はポカンとして突っ立っていた。

土方は苦笑して、

「撮影用のモデルガンだ」

と言った。「古村、悪趣味だぞ」

弥生が顔を真赤にすると、古村へと大股に歩み寄って、平手で古村の顔を打った。

古村は痛そうな表情も見せず、

「君がどうするか、見たかった」

と言った。

「何ですって？」

「君は本気で土方を守ろうとした。自分が撃たれても」

と、古村は言った。「そんなに土方を愛してるのか」

弥生は一瞬当惑の表情を浮かべた。

「そんなこと……考えもしなかったわ」

と、土方の方を振り向いて、「ただ……この人が何より大事に思えたのよ」

「そうか」

古村はモデルガンをコートのポケットへ入れると、「土方。お前にまた負けたな」

「古村。勝ち負けじゃないだろう。――お前は、そんなに劇団を辞めさせられたことにこだわってるのか」

「当り前だ！」

と、古村は激しい口調で、「俺には芝居がすべてだった。その芝居を、お前は俺から奪ったんだ」

古村は舞台から客席へと飛び下りると、

「明日は花を贈る」

と言って、ホールを出て行った……。

「――先生」

弥生は、土方の背中にすがるように身を寄せて、「今夜、抱いて」

と言った。

少し間があって、

「——うん？　何か言ったか」

と、土方は訊いた。

「先生……」

「俺はだめだ」

「え？」

「役者として、劇団の主宰者として、社会のことも分っているつもりだった。人を見る目もあると思っていた」

土方は、古村が出て行った方をじっと見てから、「俺は古村があんなに芝居に打ち込んでいるとは知らなかった」

「でも……」

「確かに、奴は不器用だった。しかし、不器用なのと、やる気がないことは別だ。俺は、あいつのことを分っていなかった」

土方は、自分に向って話していた。弥生は何も言えなくなってしまった。

「——弥生。今、何か言ったのか？」

気を取り直したように土方が言うと、弥生はちょっと目を見開いて、

「私？　私は何も言ってませんよ」

「そうか？　何か聞こえたような……」

「それ、幻聴じゃないですか？　年齢《とし》のせいですよ、年齢《とし》！」

「くり返すな。一度言えば分る。俺はまだ五十五だぞ」

「立派に年齢《とし》ですよ。私のお父さんだっておかしくない」

「言ったな」

と、土方は笑った。「よし、これから、うんとこってりしたラーメンを食べに行こう」

「いいですね！　何なら、私が先生の分、半分食べてあげます」

「誰がやるか！」

二人は舞台から下りて、通路を抜け、ホールを出て行った。

ロビーの奥から、二人の弾むような足どりを見送っていたのは、土方の妻、奈緒だった。

「あの人……」

と呟く。

すると、「ニャー」と、猫の声がして、奈緒はびっくりした。

「まあ！　ホームズね」

「無事で良かったですね」

と、晴美が言った。「ホームズも、ホールをもう一度ちゃんと見ておきたいだろうと思って、連れて来たんです。銃声でびっくりしましたけど……」

「聞いてたんですね。あの後の二人の話」

「ええ」

「やっぱり……。大した人です、土方は」

と言って、奈緒は笑みを浮かべた。

それは少し嬉しそうで、少し悔しそうで、そして少し誇らしげな笑いだった……。

17　初日

「片山さん!」

呼ばれるまで分らなかった。

「――唯君か!」

片山は目を丸くして、明るいピンクのワンピースの松下唯を眺めた。「誰かと思ったよ」

「やだ。そんなにおかしい?」

「いや、そうじゃなくて……」

片山は言い方を迷って、「うん、よく似合ってる」

唯は笑って、

「無理してるでしょ?」

「そんなことない」

「晴美さんは?」

「ホームズに付き添って、楽屋入りしてるよ。何しろ出演者だからな、ホームズは」

「あ、そうか。いいなあ」

唯は、いつもと大して変らないスーツとネクタイの片山をザッと眺めて、「――もうちょっと、何とかならない？」

「これしか持ってないんだ。悪かったね」

「いいわ。私を目立たせるために、わざと地味にしてくれたのね」

「別にわざとってわけじゃ……」

――Sホールまで歩いて数分のホテルのロビーである。

「終るまで何も食べないと、お腹が空くだろ？」

と、片山は言った。「そこのラウンジで、軽く食べよう」

「ええ。片山さんって気がきくのね」

「晴美に言われたのさ。それと――空腹を耐え切れない奴が一人いる」

ラウンジへ入ると、奥のテーブルで石津が立ち上って、思い切り手を振った。もちろん石津もいつもと全く同じ格好である。

「何人来るの？」

唯が、テーブルに並んだサンドイッチの皿数を見て言った。

「気にしないこと」

と、片山は言って、「さ、君もつまんで」

「うん！」

唯が遠慮なく手をつける。

石津も、もちろん遠慮がなかった……。

「——おお、いたな！」

片山たちがコーヒーなど飲んでいると、栗原がやって来た。

「課長……」

片山は栗原が何とタキシード姿なのを見て呆気に取られた。

「似合う！　すてきよ」

と、唯にほめられて、栗原はご満悦で、

「お、サンドイッチか。俺も少しつまもう」

次々に手が出て、石津は一人不安そうだった……。

「——あれ？」

片山は、同じラウンジに一人で座ってケータイをいじっている男に目をとめて、「あれは——安東マリエのマネージャーだな」

片山の視線に気付いて、その男は立ってやって来ると、

「マリエのマネージャーの内野です」

と、挨拶した。

「マリエちゃんについてなくていいの？」

と、唯が訊くと、

「部外者はお断りと言われてしまってね」

と、内野はため息をついて、「マリエも、すっかり舞台に夢中です。困りますよ、TVやCMが一番稼げるのに」

「当人が喜んでるんだから……」

と、片山が言うと、

「ええ、それは分ってますが……。社長に叱られるのはこっちでしてね」

と、内野は苦笑して、席へ戻って行く。

「大人って悩みが多いのね」

と、唯がしみじみと言った。


忙しい中の、ポカッと空いた時間。

やるべきことは色々あっても、今となってはもう遅い。今はただ、舞台に立つことだけを考えよう。

土方は、舞台に立っていた。——下りた幕の向うは、まだ静かだ。

「あなた」

　奈緒がやって来た。

「どうした」

「どうした、じゃないわ。人を散々急がせといて、自分はメイクもしないで」

「そうか」

　土方は、自分がメイクしていなかったことを思い出した。――何てことだ！

「これからするところだ」

　負け惜しみを言って、わざとのんびり袖に入る。

　台本を手に、プロンプターの子が袖にうずくまっていた。

「よろしく頼むぞ」

　と、土方に声をかけられ、

「はい！」

　と、却って緊張している。

　プロンプターは難しいのだ。芝居の流れを邪魔しないように、セリフをつける。

　役者がセリフを忘れているのか、それともわざと間を空けているのか、見分けるのは容易なことではない。

「――みんなどうだ」

楽屋へ入って、土方は早速メイクを始めた。

「憧れのホールですもの。張り切ってるわ」

と、奈緒は言った。

「大声で叫んだりしないようにな。いくらホールが大きくても」

手早くメイクも済ませる。——他に何も忘れてないか？

「先生、いいですか？」

と、ドア越しに弥生の声がした。

「ああ、入れ」

弥生は入って来ると、

「これでいいでしょうか、メイク」

と言った。

「うん……。まあいいだろう」

「先生、そんな気のない言い方……」

と、弥生は口を尖らして、「ゆうべはあんなに笑ってくれたのに」

「飲んだからだ。ラーメンのついでにな」

「土方冬彦と二人きりでラーメン食べた、って、役者のキャリアになります？」

土方は笑って、

「そうだな。お前が有名になって、そのころまだ俺が忘れられてなかったら、だ」

「じゃ、使わせていただきます」

と、弥生は深々と一礼して、「本当は、二人きりで一夜を共にした、って書きたいけど」

「もっと若い奴を選べ。俺は腰を痛める危険を冒せない」

「年寄りみたいなこと言って」

「もう年齢《とし》だと言ったのはお前だぞ」

「そうでしたっけ？」

と、弥生はとぼけた。「私――怖いです、初日が」

「当り前だ。誰だって怖い」

「先生も？」

「よりよい舞台を作ろうと思ってる限り、初日は怖いものさ」

ドアの外から、

「客入れです」

と、声がかかった。

「わ、凄くいい席だ！」

と、唯は二、三番目にホールの中へ入って来ると、通路を小走りに前の方へと進んだ。

「ちょっと、転ばないでくれよ」

と、片山が声をかける。

前から五列目で、唯は足を止め、

「ここ！　片山さん、隣ね」

と、手招きした。

「よし、もう一方の隣は俺だ」

と、栗原が言った。「片山と二人で、唯ちゃんをガードしよう」

「凄いなあ、重要人物になった気分」

と、唯は楽しげに言った。

「やれやれ……」

片山はコートをたたんで席に置くと、「ちょっと晴美とホームズの様子を見て来るよ」

「よろしく言ってね」

と、唯は言った。「私、終った後に行く」

「分った、伝えるよ」

片山は通路を戻って、ロビーへ出ると、〈楽屋〉と書いた矢印を見て、足を向けた。

だめだ。――そんな服装じゃだめだ。

オペラグラスの視界には、はしゃいだ様子の唯が見えていた。

せっかくの「今日」なのに……。

あんなピンクのワンピースなんて！

制服だ。君が一番輝くのは、ブレザーの制服を着ているときなんだ。

どうしてそれを分ってくれないんだ！

オペラグラスが細かく揺れた。

しかし――もう遅い。今さら変更はできない。

決心した。勇気をふるい起し、決心したからには、やらなければ。

あのピンクのワンピースが血で染ったら、それはそれで見ものかもしれない。

だが、やはり制服の彼女を殺したかった。仕方ない。もう遅い……。


「忙しいか？」

片山が楽屋を覗くと、晴美がホームズの毛並をブラッシングしていた。

「あ、来たの」

「もう、課長たちもいるよ」

片山はホームズへ歩み寄ると、「どうだ、初舞台を前にしての感想は？」

「ニャー……」

「楽しみだって言ってるわ」

「それはお前だろ」

と、片山は言った。

「でもね……」

「何だい？」

「ホームズの様子が、いつもとちょっと違うのよね」

「違う？　どんな風に？」

「どこって言えないんだけど……。こうして毛並を触ってても、感じるの。何か緊張してる気がする」

「そりゃ、舞台に出るからだろ」

「そうかもしれない。でも――そうじゃないような気がする」

晴美の言葉は真剣だった。

片山も、じっとホームズの目を見て、

「ホームズ、何か起りそうだと思ってるのか？」

と訊いた。

しかし、ホームズはただ黙って目を閉じただけだった……。

「冬の光」の幕が上った。

ある高校を舞台に、教師や生徒の親、教育委員などが絡む、社会派的でもあるが、あくまで骨格はしっかりした人間ドラマで、役者たちも熱演だった。

回り舞台が効果的で、主人公の家の居間と教室のセットがスピーディに入れ代って、ドラマの流れを途切れさせない。

生徒の役で、若手の役者が何人か出ていた。それに交って、安東マリエが出演している。

特別目立つ役ではないが、やはりパッと目をひくものがあった。

前半、一時間二十分ほどが経って、休憩になった。

「ホームズの出番、少なかったね」

と、唯が言った。

「後半は大分出るらしいよ」

と、片山は言って、伸びをした。

「あんなにしゃべって、お腹が空かないですかね」

と、石津が言った。

「お前は見てるだけで腹が空いたんだろ。休憩が二十分ある。サンドイッチでも食べたらどうだ」

「いや、別に……」

と言いかけて、石津は立ち上ると、「でも、せっかくのお言葉ですから」

「俺もロビーに出るよ」

「私も」

と、唯が言った。

結局、栗原も含めて、四人がゾロゾロとロビーに出ることになった。石津は早速売店に並んだ。

「いいなあ、お芝居」

と、唯が言った。「私も役者になろうかしら」

「その前に、絵のモデルがある」

「もちろん、忘れてないわ」

「何も今、何になるか決めなくても」

「でも、もう十七だもの。将来のことも考えないと」

片山から見ればまだ子供だが、唯としてはもう立派な「大人の女」のつもりらしい。

「何か飲むかい？」

と、片山は訊いた。

「そうね……。アイスティー。喉《のど》が渇いちゃった」

「分った。買って来るよ」

片山が列に並ぼうとすると、

「お兄さん！」

と、晴美がやって来た。

「何だ、あわてて」

「唯ちゃんは？」

「そこにいるよ。——どうした？」

「緊急事態！　唯ちゃん！」

と、晴美が手招きする。

「晴美さん、どうしたの？」

「今ね、休憩になって、舞台からさがるとき、生徒役の子が一人、転んで足を挫いちゃったの。後半に出られそうもないのよ」

「へえ、何があるか分らないな」

「それでね——」

と、晴美は息をついて、「唯ちゃん、代りに出てくれない？」

「私？」

唯が目を丸くして、「でも……」

「セリフは一つしかないの。衣装のブレザーの制服は、たぶんサイズ大丈夫だと思う」

「でも、無茶だな」

と、片山は言った。「一人ぐらい減ってもいいんじゃないのか？」

「前半と後半で、生徒の数が違うんじゃうまくないわよ。唯ちゃん、どう？」

唯は目を輝かせて、

「やる！」

と言った。

「良かった！　じゃ、一緒に来て」

晴美は唯の手を引張って行ってしまった。

「やれやれ……」

片山は首を振って、「急な初舞台だな」

「どうした？」

と、栗原がやって来る。

「課長。実は——」

片山が説明すると、栗原はちょっと面白くなさそうで、

「あの子に目をつけたのは俺が先だぞ」

と、口を尖らした。

「どっちが先って話でも……」

「まあいい。あの子にとっちゃ、貴重な体験だ」

と、栗原は言った。

そのとき、

「ニャー」

と、片山は足下の声にびっくりした。

「ホームズ。いいのか、こんな所にいて」

ホームズが、いつの間にやらやって来ていたのだ。

「出番があるんだろ？」

「ニャー」

ホームズは楽屋の方へと行きかけて、振り向いて鳴いた。

「──ついて来い、って言うのか？」

片山は首をかしげたが、ホームズはじっと見返している。「分ったよ」

まさか、俺に「生徒の役で出ろ」とは言わないだろうな、と思いつつ、片山は歩き出したホームズの後をついて行った。

「ぴったりだわ」

と、百合がホッとした様子で言った。「先生！」

楽屋のドアを開けて呼ぶと、土方と奈緒が近くで待っていて、すぐにやって来た。

「どうだ？」

「ええ、サイズもぴったりです」

と、百合が言った。

姿見の前に立っているのは、ブレザーの制服姿の唯である。

「うん、なかなかいい」

と、土方は肯いて、「百合、少しでいいから、メイクしてやれ」

「はい」

百合が手早くメイクしてやり、「セリフは教えました」

「言うところさえ間違えなきゃ大丈夫だ」

と、土方は唯の肩を叩いて、「ちゃんと合図を出すから、憶えといてくれ」

「はい！」

唯は張り切っている。

百合は、土方の説明を聞く唯を残して廊下へ出た。

「どうした？」

と、ADの久野がやって来る。

「ええ、仕度できたわ」

と、百合は微笑んで、「上出来よ」

「そいつは良かった」

と、久野は肯いて、「二幕の始まりで飲むお茶だが、本当のお茶でいいのかな」

「主人のはウーロン茶にしてあげて」

と、奈緒が言った。

「分りました。他の人は緑茶のペットボトルので……」

「ええ、そうして」

「了解」

久野がメモを取ろうとポケットからボールペンを出して、そのとき、何かが落ちた。

百合はそれを拾って、

「――こんな物。オペラグラスで何を見てるの?」

と、久野へ渡しながら言った。

「いや、別に……」

久野は、百合からオペラグラスを受け取ると、「これは……客席の方からも舞台を見てみたいと思ってね。ほら、TVの仕事ばかりしてるだろ、いつも。だから、客席から見るって、どんな風なのかなと思ったのさ。——ありがとう」

久野はオペラグラスをポケットへ入れて、

「さて……。何か用事があったかな……」

「お茶でしょ」

と、百合は言った。

「え？　お茶？」

「今、奈緒さんに言われたじゃないの。土方先生はウーロン茶、他の人は緑茶だ、って」

「そうだった！」

久野は自分の額を手で打って、「それを訊きに来たんだよな。何してるんだ、全く」

と笑うと、

「それじゃ。——お茶の仕度をするよ」

と、足早に行ってしまった。

「あがってるのね」

と、奈緒が微笑んで、「TVの人なんて、あがることはないのかと思ってた」

百合は少し間を置いて、

「——そうですね」

と言うと、「私、唯ちゃんにきっかけを出さなくちゃいけないので」

「ああ、そうね。あの人はセリフのことをうるさく言ってるでしょうから、あなた、間違えないようにしてね」

「はい」

百合は肯いた。

楽屋から、土方と唯が出て来る。

「休憩はあと何分だ？」

と、土方が訊いた。

「六分です」

と、百合が言った。

「よし。――ちょっとトイレに行ってくる」

土方ほどのベテランでも、トイレに行きたくなるものなのだ。

「唯ちゃん、二幕が始まって十分ぐらいしてから、あなたの出番。どこで待ってる？」

と、百合は訊いた。

「私、教室にいるんですよね」

「そう。今、セットは居間の方が表。それが回って、教室が表になったとき、あなたがそこにいることになってる」

「じゃ、裏になってる教室で座ってます。表の芝居、聞こえて来ますよね」

「ええ、もちろん」

「面白いわ、そんな風にお芝居の声だけ聞くことなんて珍しいもの」

「じゃ、舞台へ行きましょう。座る席も決ってるから」

二人が舞台へ向うと、安東マリエが同じブレザーの制服姿で立っていた。

「あ、代役ね？　しっかり」

「はい」

「マリエさん、どう？」

と、百合が訊いた。

「凄く楽しい！　この緊張感って、何とも言えない快感だわ！」

と、マリエは声を弾ませた。「私、次の舞台にも出してもらえるかしら？」

「頑張ればね」

と、百合が言うと、唯が、

「でも、あなたのマネージャーさんが泣いちゃうかもしれないわよ」

「え？　内野さんが？」

「社長さんに怒られるって嘆いてた」

唯の話を聞いて、

「そうか……」

と、マリエは考え込むと、「それも可哀そうね。じゃ、もう少し先にしようかな」

すっかり舞台俳優のつもりでいるらしい。

——百合は、回り舞台の裏側へ唯を連れて行くと、

「さ、ここが唯ちゃんの席。——表は居間で、幕が開くと、音楽がかかって、ダンスパーティをやってる。そこから先生が抜け出して、舞台が回り始める。回り切って、舞台が止ったら、照明が入るわ。すぐに土方先生が出て来て、あなたに『ここで何をしてる?』って訊くから——」

「『先生を待ってました』って言うのね」

「そう。後は土方先生のセリフがあって、他の生徒たちがワッと入って来る。あなたは端の方に立って、眺めていればいいの」

「つまんないな。もう少しセリフ言ってもいい?」

「だめよ。勝手に台本変えちゃ」

「はい」

と、唯はちょっと舌を出した。

「じゃあ……。私も自分の出番があるから、仕度しないと」

「ええ。私、ここにいるから大丈夫」

「こっち側は明りが消えるけど、表の明りが少しは入って来るから」

「はい」

「じゃ、頑張って」

百合は、唯の肩を軽く叩いて、袖へ入って行った。

場内に、

「間もなく第二幕の開演です」

というアナウンスが流れているのが聞こえて来ると、明りが消えた。

まだ表の方も照明が入らないので、ずいぶん暗い。でも、唯は遠く聞こえてくる客席のざわめきを聞きながら、ワクワクしていたのである。

18　回る

何だか……。

唯は、暗がりの中に座って、ふと思い出していた。——あの、暗い夜の通りを。

有田文江が殺された、あの場所のことを。

もちろん、全く明りがなかったわけではない。それでも、あそこが「暗かった」という印象が今も強いのは、暗いから、お互いに顔もよく分らなくて、同じような女の子たちが自分が誰なのか知られることもなくていられたからだろう。

それがあんな「危険」をはらんでいることなど考えもせず、「匿名」でいられる心安さがそこにはあった。

あの事件で、女の子たちは誰もあの通りへ近寄らなくなった——のかと思えば、実はそうではないと友だちから唯は聞いていた。

今も、あの通りには以前とほとんど変らず、女の子たちが集まっているという。

むろん、知っているのだ。有田文江を殺した犯人が捕まっていないことも。

でも、みんな「自分は大丈夫」、「私には関係ない」と思っている。唯には、そんな気持もよく分った。

あるいは、多少の危険は承知の上で、それでもあそこにいることの魅力に勝てないのだろう。

あまりにも、どこもかも明る過ぎる今の都会の中では、あの暗さは、人をホッとさせてくれるものだった……。

「あ……」

表の舞台に出演者たちが出て来る気配がした。明りが入り、音楽が流れる。そして、幕が開く音がした。

居間で開かれている、ささやかなダンスパーティの場面。

踊っているせいで、床が少しきしんだりしている。

土方のセリフが、さすがに裏まではっきりと聞こえてくる。身近に感じる、そんなことに唯は感動していた。

すると——床が少しきしんだ。表の方ではなく、反対の方で。

振り向くと、誰か、背の高い人影が立っていた。——誰だろう？　ここは私一人のはずなのに。

薄暗い中、ぼんやりとしか見えなかったが……。

「ああ」

ホッとした。唯は小声で、

「どうかしました？」

と、久野へ訊いた。

「いや……」

久野が歩み寄って来る。──私、何か忘れてたかしら？

唯の目が、久野の足下へと向いた。そばへ来ると、青いスニーカーが見えた。

青いスニーカー……。

あの、襲われて、危うく助かった子、なんていったっけ？　何とかアヤノとか……。あの子が犯人に追われたとき、見たと言ってたって、片山さんに聞いたっけ。犯人のはいている、青いスニーカーが見えたって。

でも、それは──。

顔を上げた唯は、自分の喉にピタリと当てられた冷たいナイフの刃に気付いた。──これって何？　劇の一部なの？

「声を出すなよ」

と、久野が、いつもの通りの、穏やかな声で言った。「向うには聞こえない」

ダンスの音楽が一段と高くなって、みんなの拍手や笑い声が聞こえてくる。

「どうして……」

恐怖よりも、これが現実とは思えないまま、唯は訊いた。

「君は特別な子だった」

と、久野は言った。「あの晩に、君とあの刑事が僕の落としたシナリオを拾ってくれたとき、君を初めて見た。――どうしてもっと早く出会わなかったんだろう、と思ったよ。もっと前に会っていたら、あの文江って子を殺さなくてすんだのに」

「あなたが……」

「静かに」

ナイフの刃が、わずかに力を入れて押し当てられた。「――仕方のないことなんだ。こうして、制服を着た君を、僕だけのものにするには、君をこうするしかないんだ」

殺される？　私が？

唯は初めて恐怖を覚えた。叫び声も上げられない。

「TV局の人間だと言うと、たいていの子は喜んでついて来た。でも――僕を利用したいだけなんだ。ただのADと分ると、すぐに逃げて行った。――あの子は、それでも優しかったよ。いつか、偉いディレクターさんになったら、私を使ってね、と言ってくれた……」

「それならなぜ……」

「分らないんだ。僕にもどうしようもない。よく分ってる。いつまでもこんなことはやってられないと……」

「久野さん……。百合さんが……」

「彼女を悲しませたくない。でも、もうやってしまったことは取り返しがつかない」

「いえ……。百合さんが……そこに」

「――え？」

久野は振り返ると、そこに百合が立っているのを見て、息を呑んだ。「君……」

「さっきのあなたの様子が……」

と、百合が言った。「何だかおかしかったから。オペラグラスを拾ってあげたときの。ずっと気をつけていたの……」

「そうか。――すまない」

「久野さん。私を殺して。その子の代りに。それであなたが幸せなら」

「百合……」

ナイフの刃が、唯の喉から離れる。――唯はそっと椅子から体をずらして、立ち上った。

「ニャー」

と、ホームズの声がした。

ホームズが、裏の舞台に入って来ていた。そして、久野のそばへ来てじっと見上げている。

百合の後ろに、片山が姿を見せた。

「唯ちゃん、そこから離れて。百合さんも」

と、片山は言った。「足首を痛めたのは、久野さん、君だけだったね。自分でセットを倒して、ひどくない程度に足を痛めた」

「刑事さん。——あの子には申し訳なかったと……」

久野は呻《うめ》くように言った。片山の言葉も耳に入っていないようだった。

「久野さん！」

百合が久野へと駆け寄る。

「百合さん、離れて！」

と、片山が言った。


「——おや、あの三毛猫はどこに行ったかな？」

表の舞台では、ホームズの姿が見えないので、土方がアドリブのセリフを言っていた。

「先生、どちらへ？」

「うん、学校へ行ってくる」

土方はコートをはおると、回り舞台から外へ出た。それをきっかけに、ゆっくりと舞台が回り始める。

そして——教室のセットが現われた。

客席は静まり返っていた。

教室の机の間に、唯と片山が、そしてホームズが立っていた。

そして真中には、胸に深々とナイフを刺して血を流している久野が倒れていた。その久野の頭を膝に乗せて、百合は我が子を眠らせる母親のように、抱き寄せていた。

まるで一枚の絵のような光景に、客席はしばらく沈黙していたが——。

「土方さん」

と、片山が言った。「幕を下ろして下さい」

「先生」

と、百合が言った。「すみません。せっかくの初日を……」

「お前が謝ることはない」

と、土方は言った。

「あなた」

楽屋の通路を、奈緒がやって来た。

「どうなった？」

「ええ、お客様には他のご希望の日を伺って、その日は無料招待にするということで。皆さん、特に苦情もなかったわ」

「そうか。——まあ、あの光景を見せられたら、芝居どころじゃあるまいな」

と言って、土方は百合の方へ、「いや、すまん。面白がっているわけじゃないんだ。お前には辛いことだったな」

「でも……唯ちゃんを殺さなくて良かったです。せめて——自分で結着をつけてくれて」

「分らんものだな」

と、土方は首を振って、「誠実な、よく働く男だったが」

「人間、誰でも裏の顔を持っているんですね」

と言ったのは、ホームズを抱いた晴美だった。

「そうだな。——表と裏か。回り舞台のようだ」

と、土方は言った。

舞台袖から楽屋にかけては、警察の人間が忙しく出入りしていた。

——片山は、舞台の上で白い布をかけられている久野の死体を見下ろしていた。

いつしか、安東マリエがそばに来ていた。

「大丈夫かい？」

と、片山が訊く。

「ええ」

マリエは肯いて、「久野さんが……。信じられないわ」

「生きて逮捕できなかったのは残念だよ」

「ADさんって――いつも駆け回ってるから、途中でいなくなっても、誰も気にしない。あのときも……」

「そうだな。ロケを途中で抜け出して、有田文江に会っていたんだろう。みんな、きっと彼がどこか他で仕事してると思い込んで……」

死体が運び出されて行くと、マリエは目を閉じて、その方へ黙礼した。

「――片山」

栗原が呼んだ。ずっと客席から様子を見守っていたのである。

「課長、何か……」

と、片山が客席へ下りて行く。

「土方さんへ伝えろ。明日から予定通り公演を続けていい、とな」

「分りました」

片山が伝えるまでもなく、土方が客席へやって来て、栗原の言葉を聞いていた。

「ありがたい。我々のような貧乏劇団にとって、一日の公演中止による払い戻しは大変痛いのでね」

土方は栗原の手を固く握った。

「——先生」

百合が、目を潤ませながら客席の間をやって来た。「久野さんを見送って来ました」

「そうか」

土方は肯いて、「明日から予定通り公演を続ける。——どうする？」

百合は背筋を伸して、

「もちろん、出ます！」

と、力強く言った。「何があっても、私は役者ですから」

「よし」

土方は微笑んで、「今日はもう帰れ。明日の芝居のことだけ考えろ」

と言った。

「はい」

百合の目は、もう濡れていなかった。

誰かが客席へ入って来た。——百合が気付いて、

「古村さん……」

コートをはおった古村が、通路をやって来ると、

「大変だったってな」

と、土方に言った。「TV局で聞いた」

「ああ。明日は大ニュースになってるだろう」

「そうだな。――百合、しばらくワイドショーが君を追い回すかもしれん」

と、古村は言った。

「平気よ。私は今のお芝居に打ち込むだけ」

「そうは言っても……。久野は、マリエのドラマについていた。マリエや、殺されそうになった子のことも、ニュースになる」

「唯ちゃんは普通の女学生ですよ」

と、片山は言った。

「警察が名前を公表しなくても、きっとネットに流れる」

と、古村は言った。「どうだ。俺に任せないか」

「どうするんだ」

と、土方が訊く。

「先手を打って、記者会見をやるんだ。隠そうとすれば、どの局もスクープしようと競うことになる。関係のない、同じ学校の生徒とか、犯人の知り合いも引張り出されるだ

「全部のTVやマスコミに、情報を一度に公表するんだ。スクープ合戦する余地がないように」

「何とかなるか」

「それって――百合さんや、唯ちゃんも出るんですか？」

と、晴美が訊いた。

「辛いだろうが、いずれ分ってしまうことだ。勝手な臆測でニュースを流されるより、誤解しようのないように話してしまった方がいいだろう」

古村の言葉には、その世界を知り尽くした説得力があった。

「分りました」

と、片山は肯いて、「唯ちゃんに話しましょう」

「よし」

と、栗原が言った。「俺もその会見に出よう」

「捜査一課長が？　それは凄い」

と、古村が感嘆の声を上げた。「それなら質問する方も緊張するだろう」

「ともかく――終ったんだな」

と、片山が呟くように言って、

「ニャー……」

と、ホームズがひと声、鳴いた。

確かに、捜査一課長がにらみをきかせている効果は抜群だった。

会見は、ほぼ警察側からの発表で終り、唯も、

「殺されかけたときの気持は？」

と訊かれたくらいで終った。

百合は久野と付合っていたことを自ら認めた上で、

「彼は心を病んでいたのだと思います。そのことに気付いてあげられなかったのが悔やまれます」

と語った。

安東マリエも、土方も出席していたが、栗原が、

「今は舞台公演の最中であり、警察としても、その邪魔にならないようにしたい」

と釘を刺したので、ワイドショーのリポーターも黙ってしまった。

「――あなたの言った通りですね」

記者会見の会場は、古村の所属するTV局の会議室だった。片山は、会場の隅で様子を見守っている古村に声をかけた。

「いや、こっちも、捜査一課長とお近付きになれて光栄ですよ」

と、古村は言った。

遅れて会場へ入って来たのは、プロデューサーの名取だった。

「何だ、どうした?」

と、古村が訊いたのは、名取がステッキを突いて、片足を引きずっていたからだ。

「いや、酔って階段から落ちてね」

と、名取は苦笑して、「もう終るな。一応様子を見に来たんだが」

「取材班は来てるんだろ」

「もちろん。顔を出さないと上がうるさいんでね」

と、名取は言った。「そういえば——桑野弥生は来てないのか?」

「いるよ。どこかで会見を見ているはずだ」

「そうか。ドラマのことで、ちょっと話が……」

と言って、名取は離れて行った。

片山の足下で、ホームズが、

「ニャン」

と、短く鳴いた。

片山は我に返って、

「古村さん」

と言った。「レストランの名を……」

「え？」

「弥生さんと食事したレストランの名を、前もって誰かに言っていましたね？」

古村はちょっと詰ったが、

「まあ……確かに。しかし――」

「もしかして、今の名取というプロデューサーですか？」

少し間を置いて、

「ええ」

と、古村が肯いた。「だが、まさか――」

片山はマリエから聞いていた。

「土方はもう長くない」

と言っていた声が、名取のものと似ていたということを。

あの足……。

では、もしかして、久野の足のけがは本当に事故のせいだったのか？

「弥生さんを見付けましょう」

と、片山は言った。

会議室を出て、片山たちは廊下を見回した。

古村は並んだドアを見て行って、〈使用中〉の表示のあるドアの前で足を止めた。

「やめて！　――やめてよ！」

と、中から女の声が洩れて来る。

古村はドアを開けた。

片山が飛び込むと、弥生をテーブルの上に押し倒して、抱きつこうとしていた名取が、ハッと顔を上げた。

「フギャ！」

ホームズの「正義の爪」（？）が名取の足首を一撃、名取が「ギャッ！」と声を上げてよろけた。

「こいつ！」

拳を固めて名取の顎《あご》に叩きつけたのは、弥生自身だった。名取は一発で床に大の字になって伸びてしまった。

「――おみごと」

と、片山が言った。

古村が目を丸くして、

「弥生につきまとわなくて良かった……」

と言った。

弥生は手を振って、

「プロデューサーって言えば女の子が寄って来るなんて思ったら、とんでもない時代遅れよ」

と言った。

「耳が痛いよ」

と、古村が首を振って、「俺も名取も、一歩間違えば久野のようになっていたかもしれないな」

「久野さんは自分の命で償ったわ」

と、弥生は言った。「もちろん、死んだ子が返って来るわけじゃないけど……」

片山が肯いて、

「夢を見る女の子は、その裏にひそむ危険に、なかなか気付かないものなんだな」

「TVに出る、なんて大したことじゃないのにな。そんな夢しか見られない子を育てたのは、俺たちTV業界の人間かもしれない」

「古村さん」

と、弥生は言った。「私は当分、舞台だけに生きていくわ。貧乏してもね」

「おい……」

古村は情ない顔で、「TVだって、そう捨てたもんじゃないぞ……」

と言った。

「ニャー」

「ホームズもそう言ってる」

と、古村はホームズを見て、「なあ?」

エピローグ

盛大な拍手の中、何度めかのカーテンコールで、土方が一人、ホームズを抱いて登場すると、拍手はさらに盛り上った。

片山と晴美は、拍手が続いている間に、ロビーへ出た。

出口の方へ向う男性がいた。

「水科さん」

片山が呼びかけると、水科拓郎が足を止めて、

「ああ、刑事さん」

「マリエちゃんを見に？　楽屋へ顔を出したらどうですか」

「いや……。恥ずかしくて、とても。マリに合せる顔がありませんよ」

と、水科は首を振って、「有田文江ちゃんだって、元はといえば、私が付合っていたばっかりに……。亜矢にも可哀そうでした」

「会社の方は大丈夫でしたか？」

「ええ、何とかクビにならずにすみました。女房は私と文江ちゃんの間に何かあったと、まだ疑ってるようですが。——信頼を取り戻すには時間がかかるでしょう」

水科はちょっと寂しそうに言って、「では、これで」

と、会釈して出て行った。

——片山と晴美が楽屋へ行くと、

「いや、すばらしい！」

と、土方が汗を拭いて、「ホームズは日に日に存在感を増している。名猫だな」

「ニャー」

と、ホームズが得意げに鳴く。

「名取と話しました」

と、片山は言った。「弥生さんが小さなオーディションを受けに来たときから目をつけていたようで、〈劇団Z〉が潰れたら自分の思い通りになるかと思って、土方さんが長くない、といった話を広めようとしていたらしいです」

「芝居もTVも、人間の集まる所、真実も裏切りもあります」

と、土方は言った。「だからこそ、いつまでも芝居が面白いんですよ」

「あ、片山さん！」

百合が汗を光らせながらやって来る。

「やあ、どうも」

「今日は良かったぞ」

と、土方が言った。「あと三日だ！　頑張れ！」

「はい！」

百合は力強く肯いた。そこへ、

「あ、晴美」

と、弥生もやって来て、「先生！　次のお芝居にも、私たちをちゃんと出して下さいね」

「それはまだ分らんな」

と、土方は言った。「次は女の出ない芝居を考えてるんだが……」

「え！　だめですよ、そんな！　ねえ、百合さん」

「ええ、そんなの絶対だめ！」

百合と弥生は土方の両腕を取って、

「せっかくやる気になってるのに――」

「そうですよ！　先生一人で決めないで」

と言いながら、楽屋の中へと引張って行った。

晴美はそれを見送って、

「猫の出番はないと思うわよ」

と、ホームズの方へ言った。「それとも、また出たい？」

ホームズは聞こえなかったようにそっぽを向いて、大きな欠伸をした……。

三毛猫はジャスミンの香りがお好き

1

「可哀そうにね……」

「元気出すのよ、あなたは若いんだから」

「しっかり生きて行くんだ！　お父さんもお母さんも、あの世から君を見守ってるぞ！」

「頑張るのよ！　きっとその内いいことがあるわ」

——色んな人が色んなことを言って行く。

あかねは、いちいち返事をするのが面倒くさくて、小さく頭を下げるだけにした。

でも、それが却《かえ》って、「突然の両親の死で悲しみに打ちひしがれている子」という印象を与えたのかもしれない。

もちろん、あかねは悲しかった。

車の事故。——父と母が乗った小型車は、対向車線から飛び出して来た居眠り運転の大型トラックと正面衝突。

トラックには大した傷も付かなかったが、小型車の方はクシャクシャに潰《つぶ》れてしまった。二人とも即死。

高校で授業中だったあかねは、ちょうど先生に指《さ》されて、教科書の英語を訳すのに悪戦苦闘しているところだった。

「風間《かざま》さん」

と、先生の声が聞こえて、

「ええと……ちょっと待って下さい、先生！　大体意味は分ってるんですけど……」

「違うのよ！　ご両親が事故に――」

「え？　そんな風に訳すんですか、ここ？」

そういう話じゃないのだと分るまでに、少しかかった……。

そして今――お通夜の席で、あかねはたった一人、セーラー服姿で座っていた。

正面には、父、風間守哉《もりや》と、母、洋子《ようこ》の写真。学校の友だちも何人か来てくれた。

しかし、あかねは泣いていなかった。あまりに突然で、涙も出ないということもあったが、十六歳の高校生が一人取り残されて、これからどうして暮していけばいいのか、途方に暮れていたからだ。

あかねは一人っ子で、両親はどういう事情があったのか、全く親戚《しんせき》付合いというものがなかった。だから、あかねはこうして一人で座っているしかなかったのだ。

焼香に来てくれるのは、ご近所の人たち。それと同じアパートの人ぐらいだった。

「――あかね」

同じクラスで、一番の仲良し、桐山由布《きりやまゆう》が、焼香を終えて帰ったと思ったら、また入って来た。

「由布、どうしたの？」

「今、ここの前に車が……」

「車？　お父さんの会社の人かな」

「そうじゃないと思うよ」

「どうして？」

「だって……普通の人が乗る車じゃないよ。バスみたいに胴体長くて、ドアがいくつも付いてて……」

いつも冷静な由布が、かなりあわてている。「あの人たちだ、きっと！」

あかねも、これが「普通のこと」でないと納得した。

入って来たのは白髪の紳士で、三つ揃いの高そうなスーツに、金の握りのついたステッキを突いていた。そして――その後に黒のスーツの男たちがゾロゾロと十人近くも従っていたのである。

その老紳士は写真をしばらくじっと見上げていたが、やがて焼香して合掌すると、あかねの方へやって来た。

ステッキの先が、コツコツと音をたてる。

「君が風間あかね君か？」

一見怖そうな外見だが、声は意外にやさしかった。

「そうです……」

由布はいつの間にかあかねの後ろに隠れていた。

「君の母親は洋子というんだね」

「ええ」

「あの写真をひと目見て分った……」

と、写真の方を振り返り、「君は洋子の若いころとよく似ているよ」

「あの……」

「私は洋子の父親、貝谷茂《かいたにしげる》だ。つまり君の祖父ということになる」

「は……」

あかねはただ呆気《あっけ》に取られているばかりだった。なぜといって――貝谷茂について来ている男たちはどう見ても普通でない――ギャングにしか見えなかったからだ。

2

「娘の洋子が出て行ったとき、もちろん私は懸命に捜した」

と、貝谷茂は言った。「しかし、洋子は頭のいい子だった。うまく姿をくらまして、見付からなかった」

――呆気に取られるほど広い居間で、あかねは貝谷茂の話を聞いていた。

「それと、悪いことに、そのころ組織の中で争いが起って、洋子捜しを当分諦《あきら》めざるを得なくなった。――やっと事態が落ちついたのは、一年もたってからでね。その後も、組織をまとめて行くのに忙しく、たちまち五年十年が過ぎて行った……」

それって、どんな「組織」ですか？――あかねは訊《き》いてみたかったが、答えを聞くのが怖くてやめた。

「洋子が出て行って、もう二十年たつ」

と、貝谷は革ばりのソファにゆったりと身を委《ゆだ》ねて言ったが、聞いているあかねの方は、何度もソファから滑り落ちそうになっていた。

「TVのニュースを何気なく見ていると、車の事故で二人が死んだ、と顔写真が画面に出た。風間守哉と洋子。――一目見て、娘だと分った。もっともそのときには死んでいたわけだが」

お手伝いさんらしい若い女性が、盆を手に入って来た。

「どうぞ」

ティーカップが置かれる。あかねは、思わず声を上げた。

「ジャスミン茶だ！」

それを聞いて、貝谷が微笑《ほほえ》んだ。

「好きかね？」

「お母さんが、大好きだったんです」

と、あかねは言った。「うちじゃ、たいていジャスミン茶を飲んでいました」

「ここでもそうだったよ」

と、貝谷もカップを取り上げて、「洋子のことを忘れないために、私もずっとジャスミン茶を飲んでいる」

その独特の香りが、突然母のことを思い出させて、あかねは不意に涙が溢《あふ》れて来た。

「大丈夫かね？」

「ええ……。すみません、お母さんのこと……」

言いかけて言葉にならず、あかねはしばらくハンカチを顔に押し当てて泣いていた……。

――お通夜の後、

「ここは任せなさい」

と、貝谷が言って、大きな車でこの屋敷へあかねを連れて来た。

ただの「屋敷」というのではなく、高い塀に囲まれた「砦《とりで》」みたいな建物だ。

「今日からここが君の家だ」

と言われたものの……。

あかねは、やっと泣き止むと、

「すみません……」

と、息をついて、「もう大丈夫です。この香り……。大好きです」

「それはよかった」

貝谷は肯《うなず》いて、「今、高校生かね」

「そうです」

「学校はどうする」

「――どうする、って?」

「どこでも通わせてあげよう。スイスにはいい寄宿舎制の学校もある」

あかねはびっくりして、

「いいです! 私、日本の今の高校で!」

と、あわてて言った。

「そうかね？　まあ、今すぐに決めることもない。今夜はゆっくり休みなさい」

「でも……家へ帰らないと。色々置いてありますし」

「ここにも何でもある」

「でも……」

「まあいい。家まで送らせよう」

「すみません」

送ってもらわないと、一体自分がどこにいるのか分らない。

「必要な物を取っておいで。車は待たせておけばいい」

「いえ……。でも、それじゃ申し訳ないですから」

「構やしない」

貝谷がテーブルの上のボタンを押すと、十秒とたたない内にドアが開いて、スーツ姿の中年男が現われた。

「お呼びですか」

「原口《はらぐち》、この子を家まで送って、また連れて来てくれ」

「かしこまりました」

「少し荷物があるかもしれん。誰か連れて行け」

「では先日の新入りの高山《たかやま》を」

「そうだな。——ああ、それと」

今度は貝谷が別のボタンを押すと、さっきのお手伝いの女性が現われた。

「美晴《みはる》、この子について行ってやってくれ。女の子の必要な物も色々あるだろう」

「かしこまりました」

何もかもさっさと決められてしまうと、あかねも諦めるしかない。ただ……。

「あの——一つお願いが」

「何でも言ってごらん」

「さっき乗って来た車でなくて、普通の車にして下さい」

あんなむやみに胴体の長いリムジンが家の前に着いたら、近所の人が目を回してしまうだろう。

「分った」

と、貝谷は笑って、「原口、ライトバンか何かで行け」

あかねは少しホッとした。

「では、早速——」

原口に促されて、居間を出たあかねは、危うく何かをけとばしそうになった。

「ニャー」

「あ、ごめん！」

それはきれいな色合の三毛猫だった。

「あら、だめよ、こんな所に出て来ちゃ」

と、美晴が三毛猫を抱き上げる。

「あなたの猫なんですか？」

「ええ。勝手にうろつかないように言ってあるんですけどね」

「でも可愛い！　きれいな毛並ですね！」

ずっと猫が飼いたかったあかねは手を伸ばして、その三毛猫のつややかな毛を撫《な》でたのだった……。

3

何だか冷たいものが頬《ほ》っぺたに触って、あかねは目がさめた。

初めは、自分がどこにいるのか分らなかった。――このフワフワした感触は何？

やっと視界がはっきりすると――目の前に三毛猫の顔があった。

「あれ？」

「ニャー」

そうか。冷たかったのは、猫がペロリとなめたからだ。

「ここ……家じゃなかったんだ」

やっと頭がはっきりして、ゆうべのことを思い出していた。

ここは、祖父の貝谷茂の屋敷。寝室は、あかねの家ぐらいの広さがあって、ベッドの大きいこと！　どんなに寝相が悪くても、このベッドから落ちることはまずないだろう。

「あーあ」

と、思い切り伸びをすると、

「お目ざめですか」

ドアが開いて、美晴がワゴンを押して来る。

「あ、おはようございます」

「そのまま。――ベッドで朝食って、いかが？」

「わあ、一度やってみたかった」

と、あかねは言った。「今、何時？」

「朝の九時です。今日、ご両親の告別式が十二時からですよ」

「ええ、憶《おぼ》えてます」

と、あかねは肯いた。「何もかも夢だったらいいのに」

「そこに黒のワンピースを出してあります。セーラー服はしわになっていたので」

「ありがとう。——猫ちゃんが起してくれた」

「さ、お茶です」

「あ、ジャスミン茶！」

あかねは一口飲んでホッとした。日常が戻って来たようだ。

「お湯と、茶葉もこの器に」

「ありがとう」

「十時にお迎えに来ます」

「はい」

と、あかねは微笑んだ。「美晴さんって、お母さんと似てる」

「まあ、私が？」

「それに、高山さん——だっけ、ゆうべ荷物運んでくれた人」

「ええ」

「あの人、お父さんと似てる。二人とも、見た目じゃなくて、感じが似てるの」

「いいご両親だったんですね」

「ええ……。まだ泣けない。何もかも終ったら、三日間ぐらい泣いて暮そうかな」

ドアをノックして、

「失礼します」

と、入って来たのは原口だった。「貝谷様から、九時五十分に出たいとのことです」

「分りました」

原口は一礼して出て行った。

「――あの人、偉いの？」

と、あかねは訊《き》いた。

「私も詳しいことは知りませんけど、貝谷様の『一の子分』みたいですね」

「私――何だか好きになれない」

と、あかねは言った。「中学校のとき、ああいう感じの先生がいたの。問題を起した生徒はすぐ見捨てて、かばおうとしなかった。次の校長って決ってたけど、みんなその先生を尊敬してなかった。怖がってるだけ」

「あかねさんは人を見る目がありますね」

と、美晴は微笑んだ。「では、召し上ったら、盆はワゴンの上に。ザッとシャワーを浴びると気持いいですよ」

「そうします」

美晴は三毛猫を促して、寝室を出て行った。

「バイバイ」

あかねはベッドから手を振った。

すると——三毛猫がドアの所で振り向いたのである。目が合った。

「え？」

あかねは一瞬戸惑った。

三毛猫は出て行き、ドアが閉った。


大きな鏡に映った自分の姿は、まるで別人のようだった。

黒のスッキリしたデザインのワンピース。

九時五十分になろうとしていた。

あかねは、ティーカップに残っていたジャスミン茶を飲んだ。

ドアをノックする音。

「どうぞ」

と、あかねが言うと、

「お仕度は……」

と、ドアを開けて原口が言った。

「はい。あと五分」

「こちらでお待ちしております」

と、原口が廊下で一礼してドアを閉めた。

「少し大人に見えるかな」

と、あかねは呟《つぶや》いた。「——あれ？」

ケータイが鳴っていた。メールだ。

誰だろ？　読んでみて、つい笑ってしまった。

〈あかね様
目はさめたかな？　君のおじいちゃんだよ。ケータイのメールなどというものには全く縁がなかったのだが、今どきの高校生と付合うなら、メールぐらいできないと、と人から言われて、必死で練習した。なかなかのもんだろ？
新しい家を気に入ってくれるといいが。
貝谷　茂♥〉

最後の名前の後に、ハートのマークが付いているのを見て、あかねは笑ったのだった。
あかねは、手早く、
〈ありがとう、おじいちゃん！
慣れるまでに、まだ時間かかるだろうけど、ともかくゆうべはぐっすり寝たよ！

と、返信した。

ケータイをポケットへ入れ、

「さ、行こう」

泣かないで、しっかりお父さんとお母さんを見送ろう、と思った。

「――お待たせしました」

と、寝室を出る。

「参りましょう」

原口が先に立って歩いて行く。

外へ出ると、昨日のリムジンとは違う車が待っていた。

「おじいちゃんと一緒じゃないの？」

「貝谷様はお仕事の都合で少し遅れるので」

と、原口はドアを開けた。「頼むぞ」

車が走り出す。

運転している男を入れると、四人も乗っている。――あかねは何だか雰囲気が変だ、と思った。


〈あかね〉

誰も口をきかないのはともかく、目も合せようとしない。

これって、いつか味わったことがある。

そうだ。――小学生のとき、休み時間に友だちと遊んでいて、窓ガラスを割ってしまい、みんなで、

「黙って、知らんぷりしてよう」

と決めたのだが……。

でも、いざ先生が来ると、どうしても目を合せるのが怖くて、顔が上げられない。割れたガラス窓に、先生がいつ気付くか、とハラハラして、授業どころじゃなかった。

あかねは立ち上って、

「先生！　私、遊んでて窓ガラスを割りました！」

と言ってしまった。

すると先生はニヤリと笑って、

「誰が言い出すかと思って、待ってたんだ」

と言った。

もちろん、先生はちゃんと知っていたんだ。

あかねは他の子のことは言わず、自分が割ったと言った。先生は肯《うなず》いて、

「分った」

と言うと、「――おい、汗をかいてる奴、今日は涼しいぞ。風邪ひくな」と、付け加えた。

あかねも他の子も、みんな汗をかいていたのだ。先生はそのことも、ちゃんと見抜いていた……。

うん、何だかあのときの雰囲気に似てる。

すると、あかねの隣に座っていた男が、

「暑いな」

と呟いて、ハンカチを出して汗を拭《ふ》いた。

今日は「暑い」っていう陽気じゃないけど……。

それにつられたように、他の男たちもハンカチを出して汗を拭いた。そして運転している男も、首のところに大粒の汗が光っているのを、あかねは見た……。

4

「お葬式って、こんなにあるんだ」

斎場に着いて、あかねは、その広くて立派なことにもびっくりしたが、告別式の会場がズラッと並んで、一つも空いていないことにも驚いた。

よほど気を付けないと、間違って他の人の告別式に出てしまいそうである。

告別式が終ると、この中で火葬となる。

真新しい建物で、明るいので、湿っぽくないのがいい。

――風間守哉と洋子の告別式には、会社関係の人が多かった。あかねの知らない人がほとんどだ。

受付に、黒いスーツの美晴がいて、あかねは少しホッとした。足下にはあの三毛猫もいる！

今日はあかね一人でなく、少し遅れて来た貝谷も並んで座ってくれていた。

予定通り一時間で終り、棺《ひつぎ》を閉じる。

あかねはもう両親の顔を見なかった。――思い出があれば充分だ。

棺が運び出されて行く。

「――ちょっとトイレに」

と、あかねは小走りにロビーを横切った。

涙が少しこぼれたので、水で顔を洗った。

ハンカチで顔を拭いて、ホッと息をつく。

お父さん、お母さんは煙になってしまうかもしれない。でも、私は二人の子だ。私の中に、二人が生きてる。

「うん！」

力強く肯くと、あかねは化粧室を出た。

太い腕があかねの体を背後から抱きしめ、顔に布が押し当てられた。


「——おい、高山」

と、貝谷は呼んだ。

「はあ」

ヒョロリと長身でなで肩の高山はノコノコやって来ると、「ご用ですか」

「あかねの姿が見えない。ちょっと捜して来てくれ」

「分りました」

高山が控室を出て行く。

——貝谷は、控室に用意されたお茶を飲んだ。

「失礼します」

原口がいつの間にかそばに立っていた。

「何だ」

「一つお願いがございまして」

貝谷はちょっと顔をしかめて、

「葬式だぞ。後でいいだろう」

と言った。

「いえ、それでは間に合いません」

と言うと、原口は内ポケットから折りたたんだ紙を取り出して、テーブルに広げた。

「――何だ」

「これに血判を」

「血判？」

「組織のすべてを原口に譲る、という同意書です」

「――何だと？」

「他の幹部に話はついています。素直に血判していただければ、お命は無事です」

貝谷は控室の中の子分たちがじっと自分の方を見ているのに気付いて、

「みんなも承知か」

「そうです」

こいつは本気だ。――貝谷はポケットに手を突っ込むと、しばらく原口を眺めていたが、

「お前らしい企《たくら》みだ」

と苦笑した。「もし断ったら？　俺をここで殺すのか？　大勢人のいる所で」

「いいえ。代りに、お孫さんが」

貝谷は青ざめた。

「何だと？　あかねをどうした！」

「ゆっくりおやすみです。棺の中で」

「棺だと？」

「今日はずいぶんここも混んでいます。次から次へとお骨になっていきますね。お孫さんの入った棺も、もうじき灰になりますよ」

「貴様！」

貝谷は飛び上るように立つと、控室から飛び出した。

しかし――広いホールには、台車に乗せられた棺がいくつも並んでいる。

「あの中のどれかです」

と、原口が言った。「どうします？」

「血判すれば、助けてくれるのか」

と、貝谷は言った。

「もちろんです。お二人の安全は保証しますよ」

貝谷はじっと原口を見すえて、

「――分った。血判しよう」

と、控室へと戻った。

「刃物を貸せ」

親指に傷をつけると、書類に署名した下に血判した。

「これでいいだろう。――あかねを助け出してくれ」

原口はニヤリと笑って、

「さあ、我々もあの棺のどれに入れたか、分りませんのでね」

「何だと？」

「まさか全部の棺を開けるわけにも……。人騒がせは避けませんとね」

「おい――」

子分の一人が拳銃《けんじゅう》を取り出して、銃口を貝谷へ向けた。原口は冷ややかに、

「どうぞお孫さんと二人で、あの世へ仲良く旅立って下さい」

と言った。「おい、車へお連れしろ」

銃口に促されて、貝谷が立ち上る。

控室を出ると――子分が拳銃を投げ捨てた。

「おい、何してる！」

と、原口が怒鳴った。

「命は大切だからね」

子分の頭に拳銃を突きつけて、高山が言った。

「お前は——」

「刑事だよ。目の前でこういうことをしてくれると逮捕しやすくて助かる」

周囲から刑事たちがバラバラと駆け寄って来た。原口が顔を真赤にして高山をにらみつけた。

「あかねがどれかの棺に入れられてるんだ！」

と、貝谷が言った。「助けてくれ！」

「ご心配なく。——おい」

と、高山が合図すると、美晴が抱いていた三毛猫を下ろした。

三毛猫が並んだ棺の一つ一つを見て行く。

——そして、ある棺の前で足を止めて、

「ニャー」

と、ホールに響く声を出した。

「あの棺を開けろ！」

と、高山が言った。

すぐに棺の蓋《ふた》が開けられた。——花に埋《うも》れて、あかねが眠っていた。

「ああ……」

あかねは頭を振って、「まだフラフラする」

「大丈夫？」

美晴がコーヒーを持って来てくれた。

斎場の控室で、あかねはやっと薬からさめつつあった。

「すまなかった」

と、貝谷は言った。「大切な孫を、ひどい目にあわせてしまったな」

「おじいちゃんのせいじゃないよ」

あかねの言葉に、貝谷は涙ぐんで、

「おじいちゃんと呼んでくれるのか……」

そこへ高山が入って来た。

「気分はどう？」

「ありがとう」

「しかし――」

と、貝谷が言った。「どうしてその三毛猫は、あかねの入った棺が分ったんだ？」

「これだよ」

と、あかねがポケットへ手を入れると、バラバラとこぼしながら取り出したのは――。

「ジャスミン茶の葉。この香りで分ったんだよ」

「そんなものをポケットへ入れてたのか」

「うん。――その三毛猫が寝室から出てくときに振り返って目が合ったんだ。そのとき、聞こえたの。『茶葉をポケットへ入れときなさい』って声が」

「それは……」

「私にも分らない。でも確かに聞こえたんで、何か役に立つかも、と思って」

「ふしぎな猫だ」

と、貝谷は言った。「しかし、命の恩人だな」

「ところで、貝谷さん」

「分っとる」

と、貝谷は肯《うなず》いて、「さあ、これが鍵《かぎ》だ」

キーホルダーごと高山へ渡す。

「お兄さん、それ何なの？」

と、美晴が言った。

「組織の犯罪を摘発する証拠を納めた金庫の鍵だ」

と、高山は言った。「貝谷さんから、孫の命を救ってくれたら、すべての証拠を渡す、とメールがあった」

「メール？」

と、あかねが目を丸くして、「いつ打ったの？」

「ポケットの中に手を突っ込んでな、原口たちに気付かれない内に警察へ送った」

「見ないで打ったの？」

「ああ。――孫と付合うために必死で練習したからな」

高山が苦笑して、

「でも、ひらがなばっかりのミスだらけで、読む方は大変だったそうですよ」

あかねが笑った。

「――もう大丈夫。歩けるよ」

「では行こう」

と、貝谷はあかねと手をつないだ。「私はこの刑事さんに用がある」

「おじいちゃん……。待ってるよ」

「ああ」

あかねは貝谷を抱きしめた。

「――さあ行こう」

と、高山が促して、「あかね君は、妹が送っていくよ」

「でも、お骨、拾わなきゃ！」

と、あかねは言った。

「そうだった。――刑事さん、少し待ってくれるかね」

「いいですよ」

と肯いて、「僕の名は本当は片山《かたやま》、妹は晴美《はるみ》です」


「おじいちゃん、朝ご飯できてるよ！」

と、あかねは声をかけた。

「ありがとう……」

貝谷が伸びをして起き出して来た。

「学校、行ってくるね」

「ああ、気を付けてな」

――二人きり、小さなアパートを借りて暮している。

「おじいちゃん、あんなお屋敷からこのアパートじゃ、辛《つら》くない？」

と、あかねは靴をはきながら言った。

「いや、楽しいよ。何しろ手を伸ばしゃ何でもある」

「そうか」

「あかねさえいてくれれば、どこでも大邸宅さ」

「私も！——じゃ、行って来ます！」

あかねは玄関を出ようとして、「——おじいちゃん」

「何だ？」

あかねは貝谷を手招きすると——いきなりその頬《ほ》っぺたにチュッとキスして、

「行って来ます！」

と、元気よく飛び出して行った。

貝谷はホッと息をついて、

「心臓に悪い……」

と呟《つぶや》くと、楽しげに笑って、「さて、掃除でもするか……」

と、力一杯伸びをしたのだった……。

解説

山前《やままえ》 譲《ゆずる》
（推理小説研究家）

我らが三毛猫ホームズの活躍も、この『三毛猫ホームズの回り舞台』がなんと五十冊目です。そのうち長編が三十六冊、そして短編集が十四冊で、いずれもこの光文社文庫から刊行されています。ひとつの節目となる五十冊目だからといってホームズは、宇宙へ旅立ったり、深海に潜ったり、砂漠でさ迷ったりはしていません。事件と関わる切っ掛けは、飼い主である片山晴美《かたやまはるみ》の友人の桑野弥生《くわのやよい》でした。

弥生は〈劇団Ｚ〉の役者で、晴美は兄の義太郎《よしたろう》やホームズと彼女の舞台を見にいきます。そして、主宰者であり演出家である土方《ひじかた》と食事をともにするのですが、帰りがけにかつて劇団に所属していた副田百合《そえだゆり》が、「お話ししたいんです。お願いです、聞いて下さい！」と土方に声をかけてきました。土方は無視しますが、彼女は義太郎に「先生の身に何か起こっているかもしれないんです」と告げるのです。百合がＴＶドラマの収録現場で一緒だったアイドルが、「土方冬彦《ふゆひこ》はもう先が長くないからな」と誰かが言っていたのを耳にしたとか。一方、夜の盛り場で十五歳の女の子が……。

並の人間ではかなわないくらいの人生経験をこれまで重ねてきた三毛猫ホームズですが、『三毛猫ホームズの正誤表』で天才的演出家の目に留まって演劇の舞台に立ったこともありました。そしてここでは、その類い希な才能を土方が見抜きます。記念すべき五十冊目で再び舞台に立つことになったホームズはどんな演技を？

〈三毛猫ホームズ〉シリーズ第一作の『三毛猫ホームズの推理』が刊行されたのは一九七八年四月……ずいぶん昔のことになってしまいましたが、ホームズの絹のように艶やかな毛並みはいささかも変わりありません。飼い主である片山義太郎と晴美の日常にもなんら変化はなく、石津《いしづ》刑事の大食漢ぶりも――。

ミステリーという視点からシリーズを振り返ってみれば、ホームズはこれまで、義太郎や晴美とともにさまざまな舞台に立ってきました。

『三毛猫ホームズの推理』では、羽衣《はごろも》女子大学の敷地内でのユニークな密室の謎がミステリーとしての興味をそそっています。片山兄妹が飼い主になる切っ掛けとなった事件ですが、舞台がホームズと密接な関係にありました。ホームズがいくら人間顔負けの推理力を見せているにしても、学校で勉強したことはないと思います（確認したことはありません！）。けれどその後も大学や高校で起こった事件に関わっていくのでした。

ガス爆発の現場で女子高生の死体が発見された『三毛猫ホームズの恐怖館』は、高校の〈怪奇クラブ〉をめぐっての事件です。ドラキュラやフランケンシュタインの怪物など、懐かしい怪奇映画のキャラクターが登場しています。殺人計画があるとの情報で義太郎が女子学園に向かったのは『三毛猫ホームズの四捨五入』でした。そこでの思いがけない再会が義太郎の心を苦しめますが、その高校にはさまざまな葛藤が交錯していました。

シリーズ二十冊目の『三毛猫ホームズの犯罪学講座』では、女性恐怖症なのに、義太郎がまたもや女子大に行っています。上司の栗原《くりはら》捜査一課長の代理で特別講師を務めることになったからです。その講義をしている教室になんと死体が！　大学受験で上京した高校生が事件に巻き込まれたのは『三毛猫ホームズの傾向と対策』です。受験する大学の教授が殺されたりして……そんな大学に入っていいのだろうかと、ホームズも心配したのではないでしょうか。シリーズ四十作目の『三毛猫ホームズの卒業論文』はそのタイトル通り、大学の卒業論文が事件の鍵を握っていました。

ミステリーですから、ホームズのメインの舞台はやはり名探偵としての謎解きの場面でしょう。晴美が受付嬢をしていた新都心教養センターの講師が殺されていく『三毛猫ホームズの追跡』、片山と晴美の目の前で不思議な毒殺事件が起こった『三毛猫ホームズのフーガ』、事件現場に残されていた折紙の花嫁人形が連続殺人を彩る『三毛猫ホームズの花嫁人形』などは、とりわけ謎解きの興味をそそっています。

いかにもミステリーという舞台は隔絶空間ではないでしょうか。被害者も容疑者も限定されての謎解きが展開されていくからです。雪に閉ざされた山荘ほど完全に孤立はしていないにしても、ホームズはそうした舞台もたっぷり経験してきました。

ヨーロッパの旅の最初の事件『三毛猫ホームズの騎士道』は、陸の孤島と化したドイツの古城が独特のムードを醸《かも》し出しています。『三毛猫ホームズの幽霊クラブ』もやはりドイツの古城ホテルで連続する事件でした。映画化もされた『三毛猫ホームズの黄昏ホテル』は由緒あるリゾートホテルの閉館が新たな事件を誘っています。

『三毛猫ホームズの失楽園』はちょっと変わっていて、ホームズたちは画壇の重鎮の邸宅の警護に当たるのでした。怪盗〈チェシャ猫〉とホームズの対決がスリリングです。『三毛猫ホームズの大改装《リニューアル》』は改装工事がすすめられるマンションに殺意が潜んでいました。なんと職務中に足を骨折してしまった義太郎が、療養がてら湖畔のロッジに滞在するのは『三毛猫ホームズの仮面劇場』です。もちろんお馴染みの面々も一緒！

『三毛猫ホームズの狂死曲《ラプソディー》』はヴァイオリン・コンクールの決勝進出者がカンヅメになった別荘が舞台でした。やはりクラシック音楽が物語のバックに流れる『三毛猫ホームズの歌劇場《オペラハウス》』は、ウイーンのオペラハウスが一種の密室となっています。このふたつの事件でホームズもかなりクラシック通になったのでは？

そのホームズ、五十冊を数えても、出自はよく分かりません。日本の猫は血統書登録がされていないそうですから、彼女の両親を探すことは不可能でしょう。ですから、どれほど人間界の家族に興味を持っているのかは分かりませんが、家族がキーワードとなっている事件が多かったのも確かです。

義太郎が中華料理店で不穏な発言を耳にする『三毛猫ホームズの四季』、義太郎が大財閥の一族の女性と婚約（！）した『三毛猫ホームズの心中海岸』、あるいは有力企業を傘下《さんか》に持つグループのオーナーの遺言状が波紋を投げかける『三毛猫ホームズの茶話会』などの事件では、お金とか財産とかに縁のないホームズだけに、その背景をなかなか理解できなかったかもしれません。

さらには、『三毛猫ホームズの駈落ち』、『三毛猫ホームズの登山列車』、『三毛猫ホームズの暗黒迷路』、『三毛猫ホームズは階段を上る』、『三毛猫ホームズの夢紀行』、『三毛猫ホームズの危険な火遊び』といった長編で、家族をめぐるさまざまなトラブルが描かれていました。人間関係はなんとも面倒、と思ったかもしれませんが、ホームズの叡智《えいち》がその人間を救ってきたのです。

そしてホームズが、人間社会にもっと危機感を抱いたかもしれないのは、『三毛猫ホームズの世紀末』、『三毛猫ホームズの最後の審判』、『三毛猫ホームズの十字路』、『三毛猫ホームズの闇将軍』といった闇の世界を背景にした事件です。まさか猫の社会では、どす黒い陰謀なんて渦巻いてはいませんよね？

その猫、怪談みたいな怖いお話によく出てくる印象があるのは、こちらの誤解でしょうか。〈三毛猫ホームズ〉シリーズには、『三毛猫ホームズの恐怖館』だけでなく、ホラータッチの作品がいくつかあります。シリーズ三冊目の『三毛猫ホームズの怪談』はまさに怪談、ゾクゾクッとする長編でした。猫屋敷の女主人が十一匹の猫とともに殺されるという発端は、ホームズならずともショッキングだったでしょう。

ホームズがＴＶ番組に出演したのは『三毛猫ホームズの騒霊騒動《ポルターガイスト》』ですが、ポルターガイスト現象のおこる屋敷でタレントと一晩過ごすというのですから、喜んでいいことなのかどうか——。作中の怪奇現象は本物ですと断り書きのあったのは『三毛猫ホームズの降霊会』です。義太郎の中学時代の同級生の女の子が、降霊会の女性霊媒師でした。猫には霊感があると指摘する人もいるようですが、さてホームズは？

『三毛猫ホームズの運動会』を最初とする短編集にも、こうしたテーマがちりばめられています。赤川作品ではさまざまなシリーズキャラクターが活躍していますが、ここまで事件がヴァラエティに富んでいるシリーズはありません。これも五十冊の積み重ねがあってのことです。

そして回り舞台といえば、『三毛猫ホームズの安息日』に注目すべきでしょう。いつもの面々が夕食会を計画した日、同時多発的に事件が勃発してしまいます。義太郎が間違えて乗った観光バスには逃亡犯がいて、晴美は現金強奪事件に巻き込まれ、石津は死体を発見するのでした。そしてホームズは心中を決意した家族とともに……まさに回り舞台のように場面が移り変わっていました。

「小説宝石」に連載（二〇一三・七〜二〇一四・二、四〜二〇一五・二）されたのち、二〇一五年五月にカッパ・ノベルスの一冊として刊行されたこの『三毛猫ホームズの回り舞台』は、実際の演劇での回り舞台です。表で演じられているとき、別の舞台が裏の闇の中で待機しています。それは人間の表と裏、光と闇も象徴しているのです。

さて、記念すべきシリーズ五十冊目が文庫化されるに当たって、ここにはスペシャルな短編が収録されています。題して「三毛猫はジャスミンの香りがお好き」。二〇一一年、入浴剤と小説がセットになっての、ほっと文庫として発売されたものです。ですから入浴剤はジャスミンの香り……もったいなくて未使用、確認はしていません！

もちろんホームズは五十という数字など意識はしていないでしょう。ひとつの節目だなんて人間の勝手だと思っているかもしれませんが、ケータイやカーナビに興味を示したりと、人間社会の変化にはちゃんと対応してきました。片山兄妹、そして石津刑事とともに、これからも難事件をどんどん解決してくれるはずです。

初出　「小説宝石」二〇一三年七月号～二〇一四年二月号
二〇一四年四月号～二〇一五年二月号
二〇一五年五月　カッパ・ノベルス刊

「三毛猫はジャスミンの香りがお好き」（ほっと文庫）二〇一一年八月
編集・制作／株式会社角川書店　発売元／株式会社バンダイ

光文社文庫

長編推理小説
三毛猫《みけねこ》ホームズの回《まわ》り舞台《ぶたい》
著　者　赤《あか》川《がわ》次《じ》郎《ろう》

2018年2月20日　初版1刷発行
2021年5月25日　2刷発行

発行者　鈴　木　広　和
印　刷　萩　原　印　刷
製　本　ナショナル製本

発行所　株式会社　光　文　社
〒112-8011　東京都文京区音羽1-16-6
電話　(03)5395-8149　編　集　部
8116　書籍販売部
8125　業　務　部

ISBN978-4-334-77599-5　Printed in Japan

組版　萩原印刷

三毛猫ホームズの十字路　赤川次郎
三毛猫ホームズの用心棒　赤川次郎
三毛猫ホームズは階段を上る　赤川次郎
三毛猫ホームズの夢紀行　赤川次郎
三毛猫ホームズの闇将軍　赤川次郎
三毛猫ホームズの回り舞台　赤川次郎
三毛猫ホームズの証言台　赤川次郎
三毛猫ホームズの復活祭　赤川次郎
三毛猫ホームズの怪談　新装版　赤川次郎
三毛猫ホームズの狂死曲　新装版　赤川次郎
三毛猫ホームズの心中海岸　新装版　赤川次郎
三毛猫ホームズの花嫁人形　新装版　赤川次郎
三毛猫ホームズの夏　赤川次郎
三毛猫ホームズの秋　赤川次郎
三毛猫ホームズの冬　赤川次郎
三毛猫ホームズの春　赤川次郎
若草色のポシェット　赤川次郎

群青色のカンバス　赤川次郎
亜麻色のジャケット　赤川次郎
薄紫のウィークエンド　赤川次郎
琥珀色のダイアリー　赤川次郎
緋色のペンダント　赤川次郎
象牙色のクローゼット　赤川次郎
瑠璃色のステンドグラス　赤川次郎
暗黒のスタートライン　赤川次郎
小豆色のテーブル　赤川次郎
銀色のキーホルダー　赤川次郎
藤色のカクテルドレス　赤川次郎
うぐいす色の旅行鞄　赤川次郎
利休鼠のララバイ　赤川次郎
濡羽色のマスク　赤川次郎
茜色のプロムナード　赤川次郎
虹色のヴァイオリン　赤川次郎
枯葉色のノートブック　赤川次郎

虹《にじ》色《いろ》のヴァイオリン〈31歳の冬〉
枯《かれ》葉《は》色《いろ》のノートブック〈32歳の秋〉
真《しん》珠《じゅ》色《いろ》のコーヒーカップ〈33歳の春〉
桜《さくら》色《いろ》のハーフコート〈34歳の秋〉
萌《もえ》黄《ぎ》色《いろ》のハンカチーフ〈35歳の春〉
柿《かき》色《いろ》のベビーベッド〈36歳の秋〉
コバルトブルーのパンフレット〈37歳の夏〉
菫《すみれ》色《いろ》のハンドバッグ〈38歳の冬〉
オレンジ色のステッキ〈39歳の秋〉

新緑色のスクールバス〈40歳の冬〉
肌色のポートレート〈41歳の秋〉
えんじ色のカーテン〈42歳の冬〉
栗色のスカーフ〈43歳の秋〉
牡丹色のウエストポーチ〈44歳の春〉
灰色のパラダイス〈45歳の冬〉
黄緑のネームプレート〈46歳の秋〉
焦《こげ》茶《ちゃ》色《いろ》のナイトガウン〈47歳の冬〉
爽香読本 改訂版 夢色のガイドブック
——杉原爽香、二十七年の軌跡

赤川次郎ファン・クラブ

三毛猫ホームズと仲間たち

入会のご案内

会員特典

★会誌「三毛猫ホームズの事件簿」（年４回発行）
会誌の内容は、会員だけが読めるショートショート（肉筆原稿を掲載）、赤川先生の近況報告、先生への質問コーナーなど盛りだくさん。

★ファンの集いを開催
毎年夏、ファンの集いを開催。賞品が当たるクイズ・コーナー、サイン会など、先生と直接お話しできる数少ない機会です。

★「赤川次郎全作品リスト」
600冊を超える著作を検索できる目録を毎年５月に更新。ファン必携のリストです。

ご入会希望の方は、必ず封書で、〒、住所、氏名を明記の上、84円切手１枚を同封し、下記までお送りください。（個人情報は、規定により本来の目的以外に使用せず大切に扱わせていただきます）

〒112-8011
東京都文京区音羽 1-16-6
(株)光文社　文庫編集部内
「赤川次郎Ｆ・Ｃに入りたい」係

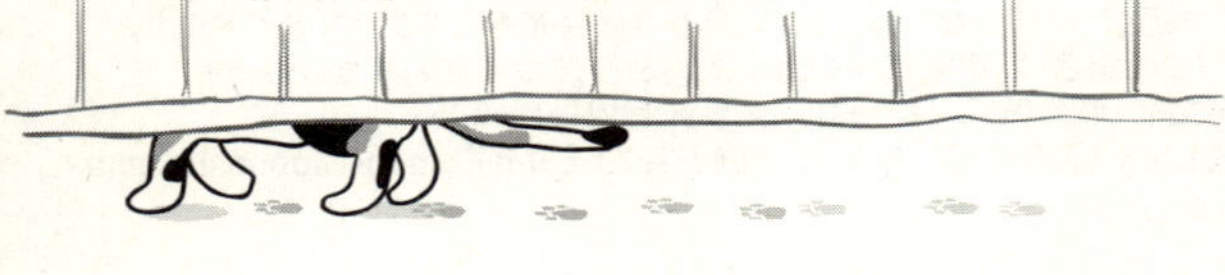